Das Buch

Rom, Sommer 1980: Ich war sprachlos, was bei mir eher selten vorkommt. Mit offenem Mund starrte ich all diese wundervollen Plätze, Kirchen, Brunnen, Gebäude und Monumente an; drei-tausend Jahre Geschichte vermischt mit dem bunten Treiben der Römer und Touristen.

Aber es sollte noch ein bisschen dauern, bis ich endlich in die Stadt meiner Träume zurückkehrte. Leichtsinnigerweise hatte die Schulfreundin meiner Schwester, die schon seit einiger Zeit in Rom lebte, bei einem „Heimaturlaub" eine Einladung ausgesprochen. Und ich nahm sie beim Wort. Wir hatten schöne Tage in Rom und ich bat sie mich zu benachrichtigen, wenn sie für mich eine Arbeit gefunden hätte. Mein Entschluss stand fest: ich wollte endlich in der Stadt meiner Träume leben. Nur wenige Wochen später erhielt ich den ersehnten Anruf: ich hatte eine Stelle als Au-pair-Mädchen.

Die Autorin

Die Autorin wurde 1960 in Sonthofen geboren, ist in Starnberg aufgewachsen und lebt seit 1997 mit ihrer Familie in Donauwörth.

Nach der Ausbildung zur Erzieherin, arbeitete sie vier Jahre in einer außergewöhnlichen Münchener Boutique. Anschließend verwirk-lichte sie ihren Traum und lebte zwei Jahre in Rom.

Wieder zurück in Deutschland schlossen sich vier Jahre in einer EDV-Firma an, bevor sie letztendlich vier Jahre in einem Büro eines Autohauses arbeitete.

Seit dem Umzug nach Donauwörth gibt die Autorin Italienischunterricht. Außerdem schreibt sie für den Kulturteil der Donauwörther Zeitung - dem Lokalteil der Augsburger Allgemeinen Zeitung - sowie für verschiedene Magazine.

Irene Hülsermann ist verheiratet, hat einen Sohn und eine Tochter. Kater Jack und viele Fische vervollkommnen ihre Familie.

Irene Hülsermann

Sehnsucht nach ROM und Heimweh nach BAYERN

- Kurzgeschichten -

Bibliografische Information der Deutschen Nationalbibliothek:
Die Deutsche Nationalbibliothek verzeichnet diese Publikation in der Deutschen Nationalbibliografie; detaillierte bibliografische Daten sind im Internet über http://dnb.dnbe.de abrufbar

© 2014 by Irene Hülsermann - Alle Rechte vorbehalten

Herstellung und Verlag:
BoD - Books on Demand, Norderstedt

Umschlaggestaltung: © Shellfellow Artworks, Germany

Fotos: © Jörg Hülsermann
Aquarelle: © Irene Hülsermann
Zeichnung: © Andreas Schmelzer

ISBN 978-3-741-25624-0

Danke...

an meine Lektorin Chiara, die mit viel Begeisterung meine Geschichten korrigiert hat.
Danke auch an Federico, als konstruktiver Kritiker. Er gab immer wieder wichtige Denkanstöße.
Außerdem an meinen Mann, der mich nicht nur fleißig unterstützt hat, sondern auch die Fotos in diesem Buch beigefügt hat.
Und *„last but not least"* meinen Eltern, ohne die ich nicht so geworden wäre wie ich bin.

Inhalt

Eine seltsame Begegnung	11
Schicksalswege	17
Der Schutzengel	25
Schule am See	29
Ein missglückter Kinobesuch	35
Die Zeichnung	39
Die Lebensretter	43
Über den Wolken	49
Chiaras Sturz in die Märchenwelt	57
Man sieht sich immer zweimal im Leben	63
Rheinländischer Humor	71
Heidiland	77
Angelo	83
Auf der Suche	91
Der junge Soldat	99
Die letzten Tage …	105
Kriegsgefangenschaft in Italien	109
Spaghetti all`aglio ed olio	113
Schneekettenpflicht	119
Ramba Zamba nach Mitternacht	125
Orvieto – unfreiwilliger Ausstieg	131
Verfolgungsfahrt auf der Autobahn	137
Gastfreundschaft	143

il permesso di soggiorno	149
Napoli sehen und sterben	155
Die Stunde der Entscheidung	161
Falsche Freunde	169
Briefwechsel	173
Poliziotti, Carabinieri und andere Polizisten	189
Wenn Italiener feiern	195
Unfreundliche Italiener	201
Touristen	205
Vorsicht, der andere könnte Dich verstehen	209

Eine seltsame Begegnung

Wir trafen uns in einer Münchner Kellerkneipe. Die Stimmung in diesem düsteren Lokal mit den kleinen Nischen, das nur durch Kerzen erleuchtet wurde, passte zu dem was ich an diesem Abend erleben sollte.

Meine Freundin Laura wollte mir endlich ihren neuen Lover vorstellen. Ich hatte den Eindruck, nach mehreren Pleiten hatte sie nun endlich den Richtigen getroffen. Er hieß Peter und machte einen sehr netten Eindruck auf mich. Trotz seiner introvertierten Art, wurde er immer gesprächiger je länger der Abend dauerte.

Wir saßen in der hintersten Ecke, als er uns etwas Seltsames erzählte. Auslöser war meine Frage, wann denn sein Geburtstag sei. „Eigentlich habe ich zweimal Geburtstag." Ich scherzte noch: „Auch nicht schlecht, da kann man ja zweimal feiern und auch zweimal sterben." Peter erstarrte. „War ein blöder Scherz, `tschuldigung!" erwiderte ich erschrocken. „Wisst Ihr, ich war früher ganz anders. Keine Party habe ich ausgelassen. Sex, Drugs and Rock ´n´ Roll. Bis zu diesem merkwürdigen Tag. Ich werde das Datum nie vergessen, der 14. Juni 1975."

Ich schaute zu Laura, sie hatte schon länger keinen Kommentar mehr abgegeben und ich sah, wie sich ihre Augen weiteten.

Peter fuhr fort: „Ich war wieder mal auf so ´ner Party und ließ es ordentlich krachen – Alkohol und Drogen bis zum Umfallen. Irgendwann hatte ich einen Filmriss! Mitten in der Nacht erwachte ich, weil mir bitterkalt war. Als ich noch überlegte, wie ich hierher gekommen bin, bemerkte ich erst wo ich eigentlich war: ich lag in einem Friedhof. Ihr könnt Euch nicht vorstellen, wie ich mich gefühlt habe. Erst war ich geschockt, dann verärgert, weil ich glaubte, meine Freunde spielten mir einen Streich. Doch dann merkte ich, dass ich alleine war. Aber das Schlimmste stand mir noch bevor!"

Peter, der sichtlich nervös wurde, zupfte an seinen Fingernägeln herum. „Als ich aufgestanden war, stand ich genau vor einem Grab. Es zog mich magisch an. Irgendwie sah es anders aus. Auf ihm waren Feldblumen und ein schlichtes Holzkreuz."

Ein leiser Schrei unterbrach Peter. Ich blickte zu Laura, die kreidebleich war. Peter hatte die ganze merkwürdige Situation gar nicht erfasst, so tief war er in seiner Erzählung verstrickt. „Und ich las immer wieder „Peter gestorben am 14. Juni 1975!"

Ohne dass Peter es merkte, schlug Laura die Hände vors Gesicht. „Ich rannte so schnell ich konnte nach Hause. Glaubt mir, dass war das Gruseligste was mir je in meinem Leben zugestoßen ist. Zuhause fiel ich ins Bett und habe 24 Stunden geschlafen." Er machte eine Pause: „Von diesem Tag an war alles anders. Ich rührte nie wieder Drogen oder Alkohol an. Und mir kam es vor, als hätte ich mich verändert. Ich war ruhiger, nicht mehr so lebenslustig und ich hatte plötzlich völlig neue Interessen. Das fiel auch meinen Freunden auf. Die meisten wollten nichts mehr mit mir zu tun haben."

Plötzlich unterbrach Peter und blickte auf die bleiche Laura: „Was ist mit Dir?" Er versuchte sie in den Arm zu nehmen, aber bei seiner Berührung sprang sie auf und stotterte: „Ich muss jetzt heim." „Aber warum denn?", fragte Peter. "Ich ... ähm ... ich habe tierische Kopfschmerzen!" „Ach so, aber klar ..." stotterte Peter, "Ich begleite dich noch nach Hause." „Nicht nötig, wir sind ja zu zweit," erwiderte Laura. Bevor Peter noch reagieren konnte, zog mich Laura schon aus der Kneipe und wir hörten nur noch Peters letzte Worte. „Ich ruf Dich morgen an!"

Schweigend gingen wir bis zu ihrer Wohnung. Während ich einen Kaffee machte, saß Laura zusammengekauert in Ihrem Lieblingssessel.

Als ich mit dem Kaffee kam fing sie an zu reden: „Als ich 15 war, hatte ich einen Freund. Manuel war ein Außenseiter, der ruhige, unauffällige Typ. Das ganze

Gegenteil von mir. Ich war Klassensprecherin, auf jeder Party eingeladen und quirlig. Er gab mir die Ruhe, die mir fehlte. Es hätte alles so schön sein können. Aber in diesem einen Jahr in dem wir miteinander gingen, hatte Manuel in regelmäßigen Abständen Depressionen. Er hatte Angst vor dem Leben. Eines Tages war diese Lebensangst wohl zu groß. Er hat sich das Leben genommen. Das war am 14. Juni 1975!"

Während aus Laura all dies heraussprudelte, liefen ihr die Tränen übers Gesicht. Ich saß wie erstarrt da. Das konnte doch alles nur ein böser Traum sein, dachte ich mir.

Laura stand auf und ging an ihren Schreibtisch. Sie öffnete eine Schatulle und zog einen Brief heraus. Dann nahm sie einen Notizblock. „Schau dir das an. Als ich dies das erste Mal gesehen habe, dachte ich noch es sei ein Zufall. Aber heute ist mir klar geworden, dass dies ein und dieselbe Person geschrieben hat." Ich blickte darauf. Es schien tatsächlich so. Nur das Datum auf dem Notizblock war fast 10 Jahre später datiert, als das auf dem Brief. „Dies ist der letzte Brief von Manuel und diese Notiz ist von Peter," erklärte Laura.

Laura und ich haben nie wieder über diese seltsame Nacht geredet.

Peter hat noch einige Male versucht Laura zu treffen, aber immer ohne Erfolg.

Schicksalswege

Sie wusste, dass die Zeit drängte, darum hatte sie die Truhe bis zuletzt geschlossen gelassen. Nun gab es aber kein Entrinnen mehr.

Vorsorglich hatte sie Ihren Mann weggeschickt. Er sollte Besorgungen machen, Ämter besuchen, die Formalitäten erledigen.

Sie schnaufte tief durch und dann öffnete sie die Truhe, die trotz ihres Alters, sie dürfte von der Jahrhundertwende sein, tiptop gepflegt wirkte.

Wie sie ihre Oma kannte hatte sie diese täglich gereinigt, denn bis ins hohe Alter legte sie viel Wert auf ein angenehmes Erscheinungsbild. Ebenso war ihre Wohnung, in der sie bis zuletzt alleine gelebt hatte, immer aufgeräumt und sauber.

Die junge Frau hatte immer sehr an ihrer Oma gehangen, obwohl sie viele Kilometer voneinander trennten. Als kleines Mädchen hatte sie immer schrecklich geweint, wenn der Tag der Abreise kam. Diese Verbindung zwischen den beiden war unerklärlich und doch so intensiv.

In der Nacht, als ihre Großmutter gestorben war, wachte die Frau auf und trotz der weiten Distanz spürte sie, dass sie ihr Leben ausgehaucht hatte. Sie weinte bitterlich und als sie am nächsten Tag von der Nachbarin ihrer Oma angerufen wurde, wunderte sich diese, dass die schlechte Nachricht schon angekommen war.

Nun saß sie da und wollte die intimsten Dinge ihrer Großmama durchsehen. Und obwohl sie ihren Mann von ganzem Herzen liebte, hatte sie ihn für diesen Moment weggeschickt. Er würde es nicht verstehen. Er hatte sie immer davor gewarnt, sich nicht zu sehr an geliebte Menschen oder Tiere zu hängen. Der Abschiedsschmerz wäre zu stark. Aber sie wusste, er redete sich nur selbst etwas ein. War es nicht er, der tagelang in den Seilen hing, weil sein geliebter Kater nach 18 Jahren verstorben war.

Als sie sich vor 10 Jahren kennen gelernt hatten, da fühlte sie das gleiche wie bei ihrer Oma. Eine mysteriöse Verbindung. Und wenn sich die beiden darüber unterhielten, wie sie sich das erste Mal getroffen hatten, sprachen beide von Schicksal. Beide eher schüchterne, zurückhaltende Mitmenschen, sagten und taten Dinge, die sie normalerweise nie gemacht hätten. Aber nur durch dieses merkwürdige Verhalten haben sie sich näher kennen gelernt und ihnen wurde klar, dass sie füreinander bestimmt waren.

Sie lebte in Süddeutschland und er hatte sich beruflich verändern wollen. Darum war er von seiner 700 Kilometer entfernten Heimat weggezogen.

Schon nach kurzer Zeit seines Aufenthaltes in seiner neuen Heimat, hatten sie sich an ihrer Arbeitsstelle das erste Mal gesehen. Und nach wenigen Wochen machte er ihr, sehr zur Verwunderung der Verwandten und Freunde, einen Heiratsantrag. Sie willigte sofort ein und wurde von vielen gewarnt, dass sie ihn doch noch gar nicht kenne und heutzutage bräuchte man doch nicht immer gleich zu heiraten. Es wurde spekuliert, ob ein Kind unterwegs sei. Dem allen zum Trotz wurde ein Jahr später Hochzeit gefeiert. Jetzt nach 10 Jahren war ihre Liebe stärker denn je. Nicht, dass es nicht mal Meinungsverschiedenheiten gab, aber dennoch fühlten sich beide magisch zueinander hingezogen.

An all das dachte sie, als sie die Truhe ausräumte und dabei überlegte, ob ihre Oma wohl auch so glücklich mit Ihrem Mann, der relativ früh verstorben war, gewesen war.

Die Zeit verrann nur so, sie musste sich langsam beeilen und irgendwie war sie froh, als sich die Truhe langsam leerte. Aber was war das? Der Boden der Truhe war mit einem dicken Karton ausgelegt. Nur durch Zufall bemerkte sie, dass sich unter diesem noch etwas befinden musste. Der Karton war durch die Jahre be-dingt porös und man konnte eine durchsichtige Tüte durchblitzen sehen. Vorsichtig entfernte sie den Karton und zog die Tüte hervor.

Erstaunt bemerkte sie, dass in ihr einige verwitterte Briefe lagen. Vorsichtig zog sie die Post heraus und las die Anschrift. Sie waren an ihre Großmutter adressiert, allerdings war ihr Geburtsname zu lesen.

Sie fing an den ersten Brief zu lesen:

Geliebte Rosa,
die Trennung von Dir zerreisst mir das Herz. Keine Stunde, die ich nicht an Dich denken muss. Die Arbeit ist hart, aber nur die Hoffnung Dich bald zu mir holen zu können, lässt mich dies alles hier ertragen.

Ich teile mir eine kleine Kammer mit einem Arbeitskollegen. Wenn Du dieses Zimmer sehen würdest, Du wärest entsetzt. Sobald ich es mir leisten kann, hole ich Dich hierher. Aber erst muss ich genug Geld zusammen haben, um Dir ein besseres Zuhause bieten zu können und vor allem, damit ich bei Deinem Vater um Deine Hand anhalten kann.

Liebste, dies ist eine harte Prüfung für uns, aber ich bin sicher wir werden sie bestehen. Wenn Du mir antworten möchtest, dann musst Du Deinen Brief an meinen Vermieter schicken.

Dein Dich für immer liebender Friedrich

Aufgewühlt legte sie den Brief zur Seite. Sie überlegte, wer wohl dieser geheimnisvolle Friedrich war und warum die beiden trotz dieser so großen Liebe nicht geheiratet hatten, denn ihre Oma hatte ihren Großvater geehelicht. Neugierig zog sie den nächsten Brief hervor und schaute zuerst auf den Absender, aber noch immer standen nur Friedrich und die Adresse einer Familie Jansen darauf.

Geliebte Rosa,

du fehlst mir so sehr, auch weil ich hier im Moment keine Zukunft für uns sehe. Ich arbeite so viel, abends falle ich todmüde ins Bett und kann kaum noch an Dich denken, weil mir vor Müdigkeit die Augen zufallen. Und die Aussichten auf eine bessere Arbeit sind gering. Nur mühselig und mit viel Verzicht schaffe ich es ein paar Groschen für uns zurückzulegen.

Aber ich schreibe nur von mir, verzeih. Wie geht es meinem Augenstern? Hast Du mich auch nicht vergessen? Schreibe mir bitte wieder schnell. Nur Deine Briefe lassen mich das alles überstehen.

In Liebe Dein Friedrich

Ein Blick auf das Datum der Briefe sagte ihr, dass Friedrich entweder selten geschrieben hat oder ihre Oma nicht alle Briefe aufgehoben hatte. Sie glaubte aber instinktiv an die erste Möglichkeit. Gespannt nahm sie den nächsten Brief in die Hand.

Geliebte Rosa,

dein Brief hat mir wieder Mut gemacht. Ja, ich bin ein junger Mann und gesund und ich werde meinen Weg gehen. Das hat wohl auch der Vorarbeiter gemerkt und nun habe ich tatsächlich bessere Arbeitsbedingungen. Und das Beste: mein Lohn hat sich auch etwas erhöht. Mit meinen Arbeitskollegen versteh ich mich auch sehr gut und manchmal gehen wir nach der harten Arbeit noch gemeinsam ein Bier trinken. Aber keine Angst, ich spare immer noch für unser Ziel.

In Liebe Friedrich

Täuschte sie sich oder war dieser Brief bedeutend kühler geschrieben. Neugierig öffnete sie den nächsten Brief. Ein Blick auf das Datum verriet ihr, dass einige Monate vergangen waren.

Rosa,

nun endlich habe ich den Mut Dir auf Deine vielen Briefe zu antworten. Ja, Du hast es richtig erkannt oder wie Du geschrieben hast, gespürt. Unsere Wege müssen sich trennen. Ich sehe keine gemeinsame Zukunft für uns. Ich habe hier meine neue Heimat gefunden und ich glaube, dass Du Dich hier nie so richtig einleben würdest. Du schreibst zwar, dass Du mir überall hin folgen würdest, aber ich befürchte, dass Du zu sehr in Deine Heimat verwurzelt bist. Und ich habe endlich alles gefunden, was ich mir immer erträumt habe: eine gute Arbeit und viele nette Freunde. Verzeih mir wenn Du kannst
Friedrich

Bei diesen letzten Worten liefen ihr die Tränen herunter. So ein Schuft! Warum nur hatte er das ihrer Großmutter angetan? Und wie sehr musste sie darunter gelitten haben, hätte sie sonst all die Jahre die Briefe aufgehoben. Sie faltete den Brief wieder zusammen und wollte ihn in das Kuvert zurückstecken. Dabei fiel ihr Blick auf den Absender und sie glaubte, ihr Herz müsse stehen bleiben. Friedrich hatte denselben Nachnamen wie sie selbst und die Stadt war die gleiche aus der ihr Mann kam.

Das konnte kein Zufall sein! Hätte ihr Mann einen Allerweltsnamen, ja dann … Aber es gab in ganz Deutschland nur eine Handvoll Familien mit diesem Namen. Sollte das heißen, Ihre Oma und sein Opa waren einmal ein Liebespaar? Oder war es doch nur ein Zufall? War die Liebe zwischen ihrem Mann und ihr Schicksal? Musste sich die nicht ausgelebte Liebe von Rosa und Friedrich in ihnen verwirklichen? Warum hatte ihre Oma nie etwas gesagt? Hatte sie deshalb so verschmitzt gelächelt, als sie ihr vor zehn Jahren ihren Ehemann vorgestellt hatte?

Fragen über Fragen wirbelten durch ihren Kopf und sie war froh, als ihr Schatz fröhlich rufend zur Haustür hereinkam.

Der Schutzengel

Petra fluchte; ausgerechnet heute hatte sie verschlafen. Wie konnte das nur passieren? Der Radiowecker war zwar angegangen, aber sie hatte ihn nicht gehört. Ausgerechnet heute musste sie zu einer wichtigen Besprechung. Da gab es nur eins: rein in die Klamotten, ein schneller Espresso und weg.

Den zweiten Schock gab es, als sie das Rollo ihres Küchenfensters hoch rollte. Es hatte geschneit. Das durfte doch nicht wahr sein. Waren denn heute alle Götter gegen sie? Wenn sie diesen Tag vermasselte, war es aus mit ihrer Beförderung. Jahre hatte sie daraufhin gearbeitet.

Schnee räumen, dass musste bis abends warten. Nur schnell das Nötigste vom Autodach fegen. Verflucht, wo war der Eiskratzer. In der Eile nahm sie eine Kassettenhülle und kratzte die Fenster frei. Nun aber schnell.

Schnell ging an diesem Tag gar nichts. Die Straßen waren spiegelglatt. Gott-sei-Dank hatte sie letzte Woche die Winterreifen aufgezogen. Ohne, wäre sie heute gar nicht von der Stelle gekommen.

Das nächste Problem kündigte sich sogleich an. Ein Brummifahrer, der wahrscheinlich noch mit Sommerreifen fuhr, kam den Hang nicht hinauf. Einige Helfer versuchten ihr Bestes. Nervös kaute Petra an ihren Nägeln. Nach Minuten, die ihr wie Stunden vorkamen, versuchte sie an dem Lkw vorbeizukommen. Puh, das war knapp, der Gegenverkehr dachte gar nicht daran entgegen-kommende Fahrzeuge vorbei zu lassen.

Petras Herz klopfte bis zum Hals. Vielleicht sollte sie doch etwas vorsichtiger fahren. Ein Blick auf ihre Uhr verriet, dass sie es sowieso nicht mehr pünktlich schaffen konnte. Sie musste unbedingt in der Firma Bescheid geben. Jetzt wäre so ein neumodisches Ding praktisch. Aber nur wenige hatten ein Handy. Vielleicht würde sie sich so eines kaufen; nach der Beförderung. Nun musste sie aber schauen, dass sie eine Telefonzelle fand.

Stand nicht eine kurz vor der Dorfausfahrt? Petra sprang in die Telefonzelle und schob ihre Telefonkarte in den Schlitz. Mist, leer. Also zurück zum Auto. Da musste noch eine sein. Wider erwarten war die Sekretärin sehr verständnisvoll. Ja, der überraschende Wintereinbruch!

Zurück zum Auto. In einer halben Stunde müsste Petra in der Arbeit sein. Nun gab es kaum noch Verkehr, denn die Strecke ging übers Land.

Langsam beruhigte sich Petra, die anderen waren bestimmt auch zu spät. Sie drehte das Radio an und fast hätte ihr die Fahrt durch den verschneiten Wald Spaß gemacht. Eines musste man ja zugeben. Schön sahen die weißen Baumspitzen schon aus.

Auf der Waldstrecke musste sie etwas langsamer fahren, hier waren die Straßen unberechenbar.

Was dann passierte ging blitzschnell. Petra sah einen mit Baumstämmen beladenen LKW mit Anhänger auf der Gegenfahrbahn. Der Lastkraftwagen kam ins Schleudern und fuhr in den Seitengraben. Ein Baumstamm löste sich aus der Ladung und flog direkt auf ihr Fahrzeug zu. Petra sah in einem Bruchteil einer Sekunde, dass der Stamm direkt auf ihren Kopf zusteuerte. Sie wollte sich zur Seite auf den Beifahrersitz werfen, doch der Sicherheitsgurt straffte sich bei dieser Bewegung. Ihn zu lösen, dazu fehlte die Zeit. Als Petra wie versteinert sitzen blieb und dem nahenden Tod ins Auge sah, spürte sie, wie irgendetwas den Gurt löste. Reaktionsschnell wich sie dem nahenden Stamm in letzter Sekunde aus. So blieb sie liegen, bis sie von den Rettungskräften aus dem Fahrzeug geholt wurde.

Auf die Bemerkung eines Retters, sie hätte richtig reagiert, als sie den Gurt geöffnet habe, konnte sie nichts erwidern. Nur sie wusste, dass es ihr Schutzengel war.

Schule am See

Claudia wollte es heute den anderen Mädchen beweisen. Sie war zwar in der Klasse nicht unbeliebt, aber sie gehörte auch nicht zu den Angesehenen. Und heute wollte sie dazugehören. Ein paar Klassenkameradinnen hatten sich vor Unterrichtsbeginn verabredet. Die Mädchenschule war in einer alten Villa direkt am Starnberger See untergebracht und wurde von Klosterschwestern geleitet. Hier herrschten noch strenge Regeln. Die Kleiderordnung schrieb eine gewisse Länge bei den Röcken vor, schulterfrei und so genannte „Smokeblusen" waren verboten. In der Zeit, als die Handwerker im Haus waren, wurde vorsichtshalber ein ganzes Stockwerk für die Schülerinnen gesperrt.

Wer mutig war fuhr morgens ein paar S-Bahnen früher zur Schule und ging im See baden. Allerdings nackt.

Ihrer Mutter erzählte Claudia, sie treffe sich etwas früher mit ihrer Schulfreundin, um noch für die bevorstehende Schulaufgabe ein paar Dinge abzuklären. Die Mutter fand dies zwar seltsam, da sie sich aber immer auf ihre Tochter verlassen konnte, willigte sie ein.

Mulmig war es Claudia schon, als sie zu früher Stunde an den Bahnhof lief. Wie ruhig es noch war. Aber sie genoss diese Ruhe und die angenehmen Temperaturen.

Auch im Zug war es ungewöhnlich leer und ruhig. Schon überlegte sie sich, ob sie nicht jeden Tag einen Zug früher nehmen sollte; das Gedrängel ging ihr manchmal schrecklich auf die Nerven. Aber schnell verwarf sie diesen Gedanken. Sie schlief einfach zu gerne etwas länger.

Auf dem Weg zur Schule wurde es dann etwas lebhafter. Es kamen ihr Kinder und Erwachsene entgegen die mit der Bahn in den nächsten Ort fuhren.

An der Schule angekommen, schlüpfte sie heimlich durch das kleine Gartentürchen. Ängstlich drehte sie sich nach allen Seiten um. Doch es war niemand zu sehen. Erleichtert durchquerte sie die Parkanlage und kam am

Steg an. Dort erwarteten sie schon zwei Mädchen. Gemeinsam warteten sie noch auf zwei weitere.

Langsam wurde es Claudia doch unwohl. War es eine gute Idee? Was, wenn sie entdeckt würden? Ihre Eltern hätten bestimmt kein Verständnis für diese Aktion. Und ein Schulverweis wäre die Folge!

Die anderen Mädchen kicherten. Eines erzählte, sie hätten schon öfters nackt gebadet. Das sei spannend und lustig.

Das konnte sich Claudia beim besten Willen nicht vorstellen, aber ein zurück gab es nicht mehr. Wie würde sie denn dann da stehen.

Endlich war es soweit, die Gruppe zog sich aus und sprang lachend ins Wasser.

Mit der Zeit wurde Claudia mutiger und schwamm immer weiter hinaus. Hätte sie das mal nicht getan. Plötzlich hörte sie eines der Mädchen rufen. Diese hatte eine Person im Garten gesehen. Schnell schwammen die Schülerinnen ans Ufer, schnappten sich die Kleider und versteckten sich im Gebüsch.

Nur für Claudia war es zu spät. Sie schaffte es nicht rechtzeitig zurück und entschloss sich am Ufer entlang Richtung Norden zu schwimmen. Ein Stück weiter war das Grundstück vom Gymnasium. Dort ging sie vorsichtig an Land. Hoffentlich war noch keiner da. Claudia blickte sich verängstig um und verdeckte ihre Blöße mit den Händen.

Dann rannte sie so schnell wie möglich am Ufer entlang zurück zu ihrer Schule. Dort angekommen, versteckte sie sich erstmal im Gebüsch und schaute vorsichtig hinaus. Die Mädchen waren verschwunden. Mist, wie kam sie nun an ihre Kleidung? Aus ihrem Versteck heraus sah sie das Kleiderbündel in kurzer Entfernung liegen, aber mittlerweile war sie nicht mehr alleine im Park.

Zuerst versuchte sie mit einem längeren Stock das Bündel herzuziehen. Aber das misslang ihr. Nach mehreren Versuchen gab sie auf.

Da sah sie eine jüngere Mitschülerin auf den Steg gehen. Verhalten rief sie nach ihr. Verwundert drehte sich diese nach allen Seiten um. Endlich entdeckte sie Claudia und ging zu ihr hin. Schnell war die Lage erklärt und mit einem Schmunzeln brachte sie der Armen die Kleidung.

Hastig zog sich Claudia an und bemerkte dabei, dass sie sich die ganzen Beine aufgekratzt hatte. Schon hörte sie die Glocke.

So schnell sie konnte hastete sie den Schotterweg Richtung Kellereingang und schlüpfte hastig in ihre Hausschuhe.

Zaghaft klopfte sie am Klassenzimmer an, ihre Englischlehrerin, eine der wenigen weltlichen Lehrerinnen, bat sie herein.

Mit rotem Kopf murmelte sie eine Entschuldigung und blickte dabei zu Boden. Schade, sonst hätte sie den verschmitzten Gesichtsausdruck ihrer Lehrerin bemerkt, der von ihren noch feuchten Haaren zu der verkehrt geknöpften Bluse wanderte.

Ein missglückter Kinobesuch

Susanne konnte es kaum glauben. Er hatte sie eingeladen. Sie das unscheinbare Wesen. Und ausgerechnet er. In ihren Augen war er der Inbegriff eines Adonis. Groß, schlank, gewellte braune Haare und Augen zum Versinken schön. Und ausgerechnet sie hatte er gefragt. Skeptisch schaute sie in den Spiegel. Bei näherer Betrachtung konnte sie schon ein bisschen was Hübsches an sich entdecken. Sie musste nur die hässliche Hornbrille abnehmen und schon kamen ihre grünbraun gesprenkelten Augen zum Vorschein. Und wenn sie die Haare glatt föhnte, sie leidet an einer Naturkrause, dann kamen auch die goldblonden Haare besser zur Geltung.

Stundenlang durchwühlte sie ihren Kleiderschrank. Aber so richtig zufrieden war sie nicht. Seufzend setzte sie sich auf einen riesigen Wäscheberg und träumte.

Während alle ihre Freundinnen bereits einen Freund hatten, war sie die einzige ohne. Nicht, dass sich keiner für sie interessierte. Jedoch nur solche, an denen sie kein Interesse hatte.

Da gab es Stefan, der kleiner war als sie und sie war schon ein Zwerg. Oder Michael, der sie vergötterte, aber sterbenslangweilig war. Oder Thomas, der mit seinem roten gekräuselten Bart wie ein Zwerg aus Schneewittchen und den sieben Zwergen aussah.

Und nun kam ganz überraschend diese Einladung. Er hatte sie gefragt, ob sie mit ihm ins Kino wolle. Und vor lauter Überraschung blieb ihr die Sprache weg. Sie hatten sich gut unterhalten, den ganzen Abend lang auf der Feier ihrer Freundin. Aber damit hatte sie nicht gerechnet. Er dachte schon, sie wolle nicht; da hat sie schnell zugesagt.

Und nun saß sie da und wusste immer noch nicht, was sie nun anziehen sollte. Es war zum Haare ausreißen. Der Schrank war voll und trotzdem hatte sie nichts passendes zum Anziehen. Er wollte sie abholen, mit seinem Motorrad. Ein Blick auf die Uhr und sie wusste, sie musste sich beeilen. In einer halben Stunde wollte er sie abholen.

Plötzlich klingelte es und sie sah zum Fenster hinaus. Da stand er. Oje, hatte sie sich in der Zeit vertan?

Schnell rief Susanne ihrer Schwester zu, sie solle ihn in der Zwischenzeit hereinbitten. Hätte sie das doch nur nicht getan.

Während sie sich hastig anzog, begleitete ihre Schwester den jungen Mann ins Wohnzimmer. Dort saßen zufällig die andere große Schwester und die Mutter. Freundlich forderten sie den jungen Mann auf sich zu setzen. Zu freundlich. Zu dritt redeten sie auf den armen Kerl ein und quetschten ihn aus wie eine Zitrone. Alles wollten sie von ihm wissen. Woher er kam? Wo er arbeitete? Ob er Geschwister habe? Und noch vieles mehr.

Mit rotem Kopf hörte Susanne vom oberen Stockwerk Teile des Gesprächs und war unschlüssig, was sie tun sollte: sich beeilen oder davonlaufen?

Sie seufzte, biss die Lippen aufeinander und entschloss sich hinunterzugehen. Als er sie sah, hellte sich seine Miene auf und er flüsterte ihr zu: „Schnell, lass uns fahren."

Der Abend wollte nicht so richtig gelingen. Selbst in der Kneipe, in die sie nach dem Film gingen, kam keine rechte Stimmung auf. Und schon nach kurzer Zeit brachte er sie nach Hause.

Susanne war enttäuscht. Nicht nur dieser vermasselte Abend, sondern auch die knappe Verabschiedung ohne Kuss und ohne erneute Verabredung gaben ihr kaum Hoffnung.

Sie hat nie erfahren, ob das unfreiwillige Treffen mit ihrer Familie im Wohnzimmer ausschlaggebend für diesen misslungenen Abend war, denn sie haben sich kein zweites Mal getroffen.

Die Zeichnung

In München habe ich Anfang der achtziger Jahre einige Jahre in einer außergewöhnlichen Boutique gearbeitet. Der Ehemann meiner Chefin hatte eine Galerie: die „Galerie der Zeichner". Wenn eine Vernissage anstand haben wir des Öfteren ausgeholfen. Für mich junges Mädchen war das eine faszinierende neue Welt. Künstler wie Loriot, Janosch, Flora, Murschetz, Unger und viele andere waren plötzlich zum Greifen nah und mit dem einen oder anderen kam auch ich ins Gespräch.

Bei so einer Vernissage stand ich in dem Laden hinter der Verkaufstheke und plötzlich bemerkte ich, dass ein Künstler mich in das Gästebuch meiner Chefin malte. Ich war ganz begeistert, als sie mir die Zeichnung später zeigte. Noch begeisterter war ich über das Weihnachtsgeschenk, das sie mir dann machte. Sie hatte dieses Bild extra für mich herausgetrennt und rahmen lassen. Welche Freude. Es bekam von da an einen Ehrenplatz in meinen zukünftigen Wohnungen.

Einige Monate später traf ich den Künstler wieder und nach ein paar Sätzen fragte er mich unerwartet, ob ich nicht Lust hätte mit ihm am Abend etwas trinken zu gehen. Warum nicht, dachte ich mir. Und so verbrachten wir einen unterhaltsamen Abend in „Harrys New York Bar". In meiner Naivität habe ich aber gar nicht bemerkt, dass mein Gastgeber ein Auge auf mich geworfen hatte. Als er mich zu meinem Auto begleitete, wollte er mich küssen. Da ich ihn zwar sehr nett fand und auch einen schönen Abend mit ihm verbracht hatte, aber leider keinerlei Gefühle für ihn empfand, erwiderte ich seine Versuche nicht. Ich wollte ihm meinen Gemütszustand erklären, aber ich kam gar nicht dazu, weil er wie ein beleidigtes Kleinkind das Weite suchte. Ich habe nie wieder etwas von ihm gehört, geschweige denn gesehen.

Zwei Jahrzehnte später. Ich lebte mittlerweile mit meinem Mann und meinen zwei Kindern in Donauwörth, las ich in der Zeitung zufällig, das just dieser Zeichner ein Kinderbuch veröffentlicht hatte und in Donauwörth eine Lesung für Kinder abhalten wollte.

Ich war so aufgeregt, als ich die Büchereileitung fragte, ob ich ausnahmsweise mit meiner kleinen dreijährigen Tochter kommen dürfe. Die Lesung war erst für Kinder ab 4 Jahren. Da meine Tochter auch in der Bücherei als ausgesprochen ruhig und lieb bekannt war, sagte die Leiterin zu. Jedoch mit der Bitte, sollte sie wider erwarten stören, wir den Raum verlassen sollten.

An dem Tag der Lesung kam ich etwas eher, die Zeichnung hatte ich mitgebracht. Voller Stolz zeigte ich es den Büchereimitarbeitern und erzählte ihnen auch, woher ich es hatte. Ich fragte, ob es die Gelegenheit gebe, dass ich den Künstler persönlich begrüßen könne. Die Leiterin meinte, dass dies bestimmt möglich sei.

Aufgeregt wartete ich mit meiner Tochter in der einen Hand und der Zeichnung in der anderen auf den Autor. Ich hielt mich zuerst im Hintergrund und nutzte dann die Gelegenheit, als der Illustrator alleine war. Voller Freude ging ich auf ihn zu und strahlte ihn an. Ich weiß nicht, was ich erwartet hatte, vielleicht ein freundliches Wiedersehen. Was dann aber folgte, war sehr traurig. Zuerst blickte er mich an und meinte, er könne sich nicht an mich erinnern. Als ich ihm dann die Zeichnung zeigte, merkte ich an seiner Mimik, dass er sich sehr wohl erinnerte, aber nicht wollte.

Enttäuscht setze ich mich mit meiner Tochter in die letzte Reihe. Als zwei Jungs, die genau auf der anderen Seite des Raumes saßen, lieber Blödsinn machten als der Lesung zu lauschen, räusperte sich der Künstler und starrte mich an. Er könne so nicht arbeiten und erbitte sich Ruhe.

Ich wusste sofort, was er in Wirklichkeit meinte, stand auf und verließ mit meiner Tochter den Saal.

Die Lebensretter

Es war spät, sehr spät. Oder besser gesagt, früh in den Morgenstunden. Und eiskalt. Das Thermometer zeigte minus 17 Grad an. Die zwei jungen Kerle gingen zu Fuß von einer Party nach Hause.

Der eine erzählte lachend von den Ereignissen des letzten Abends, da rief ihm der andere zu, dass er mal ruhig sein soll, er habe etwas gehört. „Klingt das nicht wie ein Hilfeschrei?" fragte er. Kichernd erwiderte sein Freund, er habe wohl zu tief ins Glas geschaut. „Nein, hör mal genau hin!" Und tatsächlich, ganz leise hörte man jemanden rufen. Da war jemand in Not.

Aber woher kamen die Rufe. Sie folgten den Lauten in Richtung Schilf. Rund um das Salzwehr, der Altwasserbereich der Donau, standen drei Meter hohe Pflanzen und verdeckten die Sicht auf den Weiher. In diesem konnten die zwei Jungs einen jungen Mann ausmachen, der auf der anderen Seite versuchte ans Land zu kommen.

Trotz seiner Bemühungen gelang ihm das aber nicht, da der Untergrund sehr sumpfig war. Der total erschöpfte und bibbernde Mann konnte sich aus seiner misslichen Lage nicht mehr befreien.

Die zwei jungen Burschen erkannten trotz der Entfernung schnell, dass der junge Mann am Ende seiner Kräfte war.

Während der eine um den Weiher herumlief und sich zum Ertrinkenden vorkämpfte, versuchte der andere telefonisch die Polizei zu überzeugen, das es sich hier um einen Notfall handle. Weil er an diesem Abend etwas getrunken hatte, glaubte ihm zunächst der Polizist kein Wort. Erst nach mehrmaligen Anrufen schien er ihm die Geschichte abzunehmen.

Nun versuchte der junge Mann den erschöpften Ertrinkenden mit Worten aufzumuntern: „Du darfst jetzt nicht aufgeben, Hilfe ist unterwegs!" schrie er so laut er konnte. Aus dem Augenwinkel heraus sah er, dass sein Freund den Ertrinkenden fast erreicht hatte.

Die Kälte der Nacht drang immer heftiger durch die Kleidung, aber das spielte in diesem Moment keine Rolle. Irgendwie musste er es schaffen, dass der Erschöpfte nicht aufgab und so schrie er ihm immer wieder etwas zu und animierte ihn zum Antworten.

Mittlerweile erreichte der andere Retter den fast Ohnmächtigen. Er watete in das eiskalte Gewässer und versuchte dem jungen Mann den Kopf über Wasser zu halten. Das sumpfige Wasser und die Kälte erschwerten die Lage. Leise murmelte er vor sich hin: „Wo bleiben die denn."

Minuten vergingen und es kam ihnen wie Stunden vor, als sich endlich ein Fahrzeug näherte. Zwei Polizisten sprangen heraus und fragten nach dem Hilfesuchenden. Zu dritt fuhren sie auf die andere Seite.

Schnell erkannten sie die Situation. Während einer der Polizisten zu dem kraftlosen Mann und seinem Helfer eilte, rief der zweite die Sanitäter und die Feuerwehr an. Mit vereinten Kräften zogen sie den jungen Kerl aus dem Sumpf heraus. Mittlerweile war die Feuerwehr mit einem Unimog eingetroffen. Der junge Mann wurde mit diesem über den morastigen Weg zum Rettungswagen gefahren, die ihn sofort ins Krankenhaus auf die Intensivstation brachten.

Total erschöpft und durchgefroren blieben die Retter mit den Polizisten am Weiher zurück. Auf die Frage der Polizei, ob sie den nassen Helfer heimfahren sollen, antwortete dieser: „Und was ist mit meinem Kumpel, soll der etwa laufen?"

Erschöpft, durchgefroren und ohne Stimme saßen die beiden im Polizeifahrzeug und redeten leise über die gemeinsam durchgestandene Rettungsaktion. Ihre größte Sorge galt dem jungen Überlebenden. „Hoffentlich hat er alles gut überstanden und wird bald wieder gesund."

„Ja, hoffentlich war nicht alles umsonst!" erwiderte krächzend der andere.

Über den Wolken

Schon seit längerer Zeit pendelte mein Mann Jörg aus beruflichen Gründen zwischen Nord- und Süddeutschland hin und her. Zehn Jahre waren wir nun schon glücklich verheiratet und hatten zwei wunderbare Kinder. Nur die ewigen Trennungen ließen oft unnötigen Streit aufkommen. Jeder, der in einer Wochenendehe lebt, weiß, dass dies nicht immer leicht ist. Man möchte die wenigen Stunden in Harmonie verbringen und unangenehme Dinge werden dann nicht angesprochen. Bis sich der Unmut auf-staut und es in regelmäßigen Abständen knallt.

Sehr entgegen den sonstigen Überraschungen, die sich mein Mann immer für mich ausdenkt, fiel das Geschenk zu unserem 10. Hochzeitstag eher mager aus. Mein überraschter Gesichtsausdruck wiegelte er mit den Worten ab, dass der Rest später käme. Na dann …

Wie jeden Sonntagnachmittag packte er seinen Koffer und druckte sich sein Bahnticket aus. Und wie jeden Sonntag seufzten wir, dass das Wochenende wieder mal viel zu schnell vergangen sei.

Mein Mann war noch mit Packen beschäftigt, da klingelte es an der Tür. Ich öffnete und vor mir standen meine Schwiegereltern. Das wäre nicht so ungewöhnlich, wenn sie nicht 600 Kilometer entfernt leben würden. Mit großen Augen sah ich sie an und brachte kein Wort heraus. Sie fragten, ob sie herein dürften, denn sie würden gerne ein paar Tage bei uns bleiben. Ich stotterte, dass sie herzlich willkommen seien, aber dass ihr Sohn gleich zum Bahnhof müsse. Mittlerweile standen auch Jörg und die Kinder um mich herum und ein breites Grinsen lag auf fünf Gesichtern.

Jörg erklärte mir, dass wir morgen in die Berge fahren würden. Ich erwiderte irritiert, dass unsere Kinder doch in die Schule und ich ja meine Sprachkurse durchführen müsse. Freudestrahlend klärte mich mein Mann auf: „Wir fahren allein in die Berge, weil wir zum 10. Hochzeitstag eine Ballonfahrt machen werden!" Die Großeltern würden sich zwischenzeitlich um die Kinder kümmern. Meine Kurse hätte er alle abgesagt und meine Schüler zum stillschweigen verdonnert, damit die Überraschung auch gelingt. Und wie sie gelungen war. Ich konnte es noch gar nicht fassen.

Mittlerweile schlich sich zur Freude auch ein wenig Angst ein. Hatte ich richtig gehört? Eine Ballonfahrt? Ja, ich hatte schon oft erzählt, dass ich so etwas gerne mal machen würde, aber nun bekam ich Furcht, denn ich litt sehr unter Höhenangst. Mein Mann bemerkte meinen Gesichtsausdruck und war etwas enttäuscht, weil ich nicht sofort an die Decke sprang. Dennoch versuchte ich ihm klar zu machen, dass es eine tolle Idee sei. Insgeheim hoffte ich aber, dass die Fahrt mit dem Ballon wegen schlechtem Wetter nicht stattfinden könne. Der Gutschein ist ein Jahr gültig und somit hätte ich ja genügend Zeit mich an den Gedanken gewöhnen zu können.

Noch am Abend packten wir unsere Koffer und am nächsten Tag fuhren wir bei strahlendem Sonnenschein in die verschneiten Allgäuer Berge. Einerseits freute ich mich riesig auf die ersten gemeinsamen Tage mit meinem Mann ohne Kinder, aber andererseits lastete auf mir die Panik vor dem Ereignis.

Am Abend vorher erfuhren wir dann vom Ballonführer, dass das Wetter perfekt sei und der großen Ballonfahrt am nächsten Tag nichts im Wege stehe. Die folgende Nacht konnte ich kaum schlafen.

Dick eingemummelt, es war ein eisiger Märztag, machten wir uns frühmorgens zu unserem vereinbarten Treffpunkt auf. Immer noch hoffte ich insgeheim, dass die Fahrt doch noch abgesagt werden würde. Aber weit gefehlt. Auf einer dick verschneiten Wiese standen schon der Fahrer, ein junger sympathischer Mann und ein weiterer, mutiger älterer Herr.

Bevor es auf große Fahrt ging, musste der Heißluftballon einsatzbereit gemacht werden. Wir hielten die Öffnung des Ballons auf, damit das Gas hinein geblasen werden konnte. Schon nach kurzer Zeit stand unser Gefährt für die große Fahrt bereit. Vor lauter Aufregung musste ich noch mal auf die Toilette. Alle lachten über mich.

Dann ging es auch schon los. Während der Ballon aufstieg, klopfte mein Herz so laut, dass ich glaubte, alle müssten es hören. Ich hielt mich mit verkrampften Händen an der Reling fest. Der Korb ist relativ hoch und da ich sehr klein bin, konnte ich gerade noch darüber sehen. Das gab mir eine gewisse Sicherheit. Wenigstens konnte ich hier nicht herausfallen.

Mit der Zeit wurde ich ein klein wenig mutiger und blinzelte schon mal über den Rand. Und was ich da zu sehen bekam überstieg meine Erwartungen gewaltig. Unter mir lag eine phantastische Spielzeugwelt. Die geschlossene Schneedecke verzauberte die Landschaft. Die verschneiten Berggipfel leuchteten in den frühen Sonnenstrahlen. Auf den weißen Berghängen konnte man die Burgruinen erkennen. Kleine Bäche durchtrennten die Wiesen. Durch diese Eindrücke verzaubert, vergaß ich meine Ängste vollkommen. Mit jeder Minute genoss ich diese Fahrt mehr. Immer höher stieg der Ballon, bis wir über den Berg „Grünten" schwebten. Von der Kälte war hier nichts mehr zu spüren. Weil der Heißluftballon mit dem Wind fuhr, war es hier oben vollkommen windstill und sogar angenehm warm. Die Bergspitzen nahmen immer bizarrere Formen an. Die völlige Ruhe wurde nur hin und wieder von unseren Scherzen unterbrochen. Mittlerweile waren wir etwa 2.000 Meter hoch, aber meine Furcht schien wie weggeblasen.

Aber das Schönste stand uns noch bevor: Zufälligerweise fuhren wir über meine Geburtsstadt, denn niemand weiß, wohin der Ballon mit dem Wind getrieben wird.

Als ich noch ein Baby war, zogen meine Eltern von Sonthofen nach Starnberg. Nun konnte ich meine alte Heimat von oben bewundern und zeigte den anderen das Krankenhaus, in dem ich geboren wurde.

Als der Fahrer uns mitteilte, dass wir nun landen würden, war ich enttäuscht, dass nun schon alles zu Ende sein sollte. Noch aber war dieses Abenteuer nicht beendet. Jetzt stand uns noch die Landung bevor. Der Fahrer gab uns Anweisungen wie wir uns zu Verhalten hätten und wie wir uns am Besten aufstellen sollen. Falls der Ballon umkippen würde, so sollten die leichteren Personen auf die schwereren fallen. Und so geschah es auch. Am Ende fiel der Korb um und ich lag auf den Männern. Lachend stiegen wir aus, um dem Fahrer beim Zusammenbauen des Ballons zu helfen.

Hier unten war es eisig und schon nach kurzer Zeit hatte ich durchgefrorene Füße. Während der Fahrt hatte unser Fahrer per Funk stets Kontakt mit dem Autofahrer gehalten, der uns und den Ballon abholen sollte. Nur auf den letzten Metern wurde dieser unterbrochen und auch jetzt konnten wir keine Verbindung mehr herstellen, da wir uns in einem Funkloch befanden. Dem-entsprechend lange mussten wir ausharren, bis uns der Autofahrer endlich fand.

Durchgefroren ging es nun nach Sonthofen, um die Taufe zu feiern. Nach bestandener Fahrt ist dies Tradition. Das Lokal in dem wir die Zeremonie abhalten wollten war dummerweise geschlossen. Aber der Besitzer, der unseren Fahrer gut kannte, öffnete nur für uns sein Lokal. Nach der mittäglichen Stärkung begann der feierliche Teil. Jeder Teilnehmer bekam seine Urkunde, in der ein spezieller Name eingetragen wurde. Der Name meines Mannes lautete: *„Königlich bayerischer Luftikus Jörg, über den winterlichen Bergen fahrender Ballonkorbschieber."* Meiner hieß: *„Königlich bayerische Himmelseroberin Irene, auf großer Fahrt über*

Sonthofen nach Immenstadt." Diesen Namen muss man auswendig lernen und sollte uns jemand irgendwann danach fragen, so müssen wir ihn nennen können.

Anschließend bekam jeder ein Glas Sekt zum anstoßen. In dem Moment in dem man die Urkunde ausgehändigt bekommt, wird eine Haarsträhne angezündet und sofort mit Sekt gelöscht.

Nachdem das Erinnerungsfoto gemacht worden war, nahmen wir voneinander Abschied.

Auch später noch war uns Neulingen die Begeisterung in die Gesichter geschrieben. Und eines wussten wir ganz genau: das war nicht die letzte Ballonfahrt in unserem Leben.

Chiaras Sturz in die Märchenwelt

Chiara hüpft neben ihrer Mutter zum Kindergarten. „Mama, wenn ich groß bin, kommt dann der Prinz und küsst mich wach?" „Mein kleines Schneewittchen, dass weiß ich leider auch nicht. Aber vielleicht …" antwortete ihre Mutter und lächelte. Ihre kleine Tochter lebte oft in einer Märchenwelt.

„Chiara, Chiara!", rief ein kleines Mädchen. Chiara gab schnell ihrer Mama einen Kuss und verschwand mit ihrer Freundin. Kindergarten, das war immer wieder schön. Und heute bei dem strahlenden Sonnenschein durften die Kinder gleich im Garten bleiben.

Chiara tobte mit ihren Freundinnen Elena und Maja, doch plötzlich übersah sie einen Stein und stolperte darüber. Als sie versuchte wieder aufzustehen, merkte sie, dass ihr Bein schmerzte. Sie schaffte es nicht alleine. Doch da hielt ihr schon jemand die Hand hin, um ihr zu helfen. Sie blickte auf und durch die Sonnenstrahlen hindurch, sah sie einen wunderschönen jungen Mann vor sich stehen.

Erstaunt blickte sie sich um, doch außer dem Mann war niemand mehr zu sehen. Aber ein weißes Pferd stand neben dem Fremden. Er half ihr hoch und setzte sie vorsichtig darauf. „Ich werde dich erstmal zu mir nach Hause bringen und dort werden wir uns dein Bein ansehen." Sprachlos ließ Chiara alles mit sich geschehen und selbst das Bein tat nur noch halb so weh.

Schon nach kurzer Zeit erreichten sie ein riesiges Schloss. Chiara konnte sich gar nicht an dem schönen Gebäude und den vielen Blumen satt sehen. Im Schloss angekommen bot ihr der Fremde einen Kakao an und kümmerte sich um ihre Verletzung. "Es ist nichts gebrochen, ein paar Tage Ruhe und es wird alles wieder in Ordnung sein. Du bist in der Zwischenzeit gerne mein Gast."

„Aber meine Eltern …!" Der junge Mann legte seinen Zeigefinger auf den Mund. „Ich muss mich wohl erst vorstellen, mein Name ist Prinz Georg." Chiara widersprach nicht mehr und vergaß auch ein wenig ihre Eltern. Nur abends im Bett dachte sie: „Hoffentlich machen sich meine Eltern keine Sorgen um mich." Bei diesem Gedanken schlief sie ein.

Die nächsten Tage vergingen wie im Traum. Sie hatten viel Spaß miteinander. Er lehrte ihr das Reiten und sie brachte ihn ständig zum Lachen mit ihren verrückten Ideen. Es gab soviel zu entdecken und mit jedem Tag war Chiara ein bisschen verliebter in den Prinzen.

Es gab nur ein kleines Problem. Der König mochte Chiara nicht sonderlich, das hatte sie sofort gespürt. Nach einiger Zeit, als Chiara allein im Rosengarten war, kam der König auf sie zu und fragte sie: "Wie lange willst Du noch bleiben?" Erstaunt antwortete sie: "Warum?" „Weil Du störst!" rief ihr der König ungehalten zu. Chiara blickte ihn fragend an und da erklärte er warum: "Mein Sohn ist mit der Prinzessin Aurora verlobt und ich möchte nicht, dass er auf schlechte Gedanken kommt. Ich befürchte er hat sich in dich verliebt und das darf einfach nicht sein. Unsere beiden Königreiche müssen vereint werden!"

Erschrocken rannte Chiara davon. Hin und her gerissen zwischen Freude und Trauer. Er war also auch in sie verliebt, aber er würde eine andere heiraten.

Chiara lief in den nahe gelegenen Wald und dort fand sie auch Prinz Georg. Er sah ihr verstörtes und verweintes Gesicht und fragte nach. Nach langem Zögern erzählte sie ihm alles. Da nahm er ihr Gesicht in seine Hände und sagt liebevoll: „Meine kleine Chiara, nun weißt du es. Es stimmt, ich habe mich in dich verliebt und wenn du mich auch liebst, dann werden wir heiraten, auch gegen den Willen meines Vaters. Er wird sich schon wieder beruhigen. Im Grunde ist er ein sehr lieber Mensch und wenn er dich erst näher kennt, dann wird er verstehen, warum ich dich liebe." Bei diesen Worten küsste er sie zart auf ihren Mund. Zärtlich legt er seine Hände auf ihre Stirn und flüsterte: „Chiara, Chiara, mein kleiner Liebling …!"

„… so wach doch auf, mein kleiner Schatz." Chiara öffnete ihre Augen und sah in das bekümmerte Gesicht ihres Vaters, der sie zärtlich im Gesicht streichelte.

Auf dem Bett sitzend saß ihre weinende Mutter, die sie anlächelte. „Na endlich" rief sie erleichtert.

„Wo bin ich?" fragte die Kleine und sah sich erstaunt um. Ihr Vater erklärte: „Du liegst im Krankenhaus. Du bist im Kindergarten unglücklich gestürzt. Dabei hast du dir dein Bein gebrochen und warst einige Tage in tiefer Besinnungslosigkeit. Aber nun wird alles wieder gut."

Die drei umarmten sich und plötzlich fing Chiara an zu erzählen: „Stellt euch vor, was mir passiert ist: Als ich über den Stein gestolpert bin und aufblickte stand ein schöner Prinz vor mir …!"

Man sieht sich immer zweimal im Leben

Mein Mann sagt immer: „Man sieht sich mindestens zweimal im Leben." Und bei Sabrina und Michaela hat sich dies auch bewahrheitet.

Sabrina habe ich bei meinem zweijährigen Aufenthalt in Italien kennen gelernt. Wir haben uns auf Anhieb gut verstanden und viele Höhen und Tiefen gemeinsam in Rom durchgestanden. Als ich nach zwei Jahren wieder nach Deutschland zurückkehrte, blieben wir weiterhin befreundet. Es folgten viele Jahre in denen wir uns gegenseitig besuchten.

Sabrina blieb im Gegensatz zu mir in Rom und machte dort Karriere. Unter anderem als Synchronsprecherin beim Fernsehsender Rai. Kein Wunder, sprachbegabt wie sie nun mal war. Sabrina sprach neben Englisch, Polnisch, Französisch, Italienisch und Russisch auch noch fließend Römisch.

Nach vielen Jahren schlief unsere Freundschaft leider ein. Doch der Zufall oder das Schicksal spielte uns eine zweite Chance zu. Ich kaufte mir einen italienischen Film und wie so oft wollte ich mir auch diesen auf Italienisch ansehen. Leider gab es Italienisch nur mit deutschem Untertitel. Nun ja, dann eben so, dachte ich mir noch und genoss den Film. Bis mir beim Abspann fast das Herz stehen blieb. Ich konnte es nicht glauben und spulte den Film zurück. Doch da stand es: Übersetzung von Sabrina.

Ich war überzeugt, dass dies ein Wink des Schicksals war. Mit fahrigen Händen suchte ich die Telefonnummer von ihrer Wohnung in Rom heraus, die ich immer aufgehoben hatte, in der Hoffnung, dass wir uns eines Tages wieder sehen werden. Ich wählte die Nummer und hatte Glück, denn ihr Ex-Freund ging an den Apparat und war so freundlich mir ihre Handynummer zu geben. Dort erreichte ich sie auch und wir redeten, sehr zur Freude meines Telefonanbieter, lange miteinander. Wir versprachen uns in Kontakt zu bleiben. Und das ist auch bis heute geschehen.

Ähnlich ging es mir auch mit Michaela, aber über einen noch längeren Zeitraum hinweg. Michaela lernte ich vor dreißig Jahren kennen.

Obwohl ich absolut nicht sprachbegabt bin, aber leidenschaftlich gerne verreise, habe ich immer wieder Fremdsprachen erlernt, oder besser ausgedrückt, ich habe es versucht. Nachdem mich neun Jahre Schulenglisch nicht wirklich weitergebracht hatten, versuchte ich es mit Italienisch, Neugriechisch und Französisch.

Ich meldete mich bei der Volkshochschule für einen Französisch-Kurs an und am ersten Abend auf der Suche nach einem Platz, trafen sich meine Blicke mit denen von Michaela. Sie war mir auf Anhieb sympathisch und so fragte ich sie, ob der Platz neben ihr noch frei sei. War er. Und so begann unsere langjährige Freundschaft.

Michaela, von Beruf Reisebürokauffrau, verreiste genauso gerne wie ich. Vor allem Südamerika hatte es ihr angetan und darum sprach sie fließend Spanisch. Nun wagte sie sich an Französisch und natürlich war wieder mal die Liebe daran schuld. Auf einer Reise hat sie einen Französisch-Kanadier kennen- und lieben gelernt. Michaela war ursprünglich aus Donauwörth, war aber schon in jungen Jahren aus beruflichen Gründen nach München gezogen. Ihr neuer Freund wohnte nun bei ihr und seinetwegen nun der sprachliche Ehrgeiz.

Bei mir sah es ähnlich aus. Auch in einer Kleinstadt auf-gewachsen, in Starnberg, arbeitete ich in München. Meine Liebe gehörte Italien, deshalb habe ich Italienisch gelernt. Nach einer gemeinsamen Reise mit meiner Schweizer Freundin nach Frankreich wollte ich nun auch noch diese Sprache lernen.

Michaela und ich verstanden uns sofort sehr gut. Auch wegen der Probleme, die man damals oft aufkamen, wenn man einen ausländischen Freund hatte. Besonders viel unternahmen wir, wenn unsere „Männer" mal wieder „in der Heimat" waren. Manchmal, wenn wir um die

Häuser zogen und nicht wollten, dass uns andere verstehen, sprachen wir Spanisch und Italienisch. Das funktionierte ganz gut.

Am Samstagabend rief mich Michaela an: „Sag mal was hast du morgen vor?" „Eigentlich nichts, wieso?" „Wir könnten doch ans Meer fliegen." „Du scherzt, ich muss am Montag arbeiten", erwiderte ich. „Nein, ich meine es ernst. Ich dachte mir, wir nehmen meine Freiflugscheine und fliegen nach Athen. Am Abend sind wir wieder zurück."

Und sie meinte es ernst! Michaela bekam regelmäßig Freiflüge für ihre gute Arbeit geschenkt. Und da auch ich kein Kind von Traurigkeit war, verabredeten wir uns für den nächsten Morgen am Hauptbahnhof. Von dort aus ging es gemeinsam zum Flughafen und weitere zwei Flugstunden später standen wir an der Zollabfertigung in Athen.

Die Schlange vor uns war ausgesprochen lang und etwas ungeduldig sagte ich zu Michaela. „Wenn die Leute vor uns wüssten, dass wir heute Abend schon wieder heimfliegen müssen, dann würden sie uns bestimmt vorlassen." Ein junger Mann drehte sich um und fragte: „Aha, Ihr müsst also heute Abend wieder zurück. Wie das denn?"

„Tja, geschäftlich." Erwiderte Michaela nur. Aber der skeptische Blick unseres Gegenübers, wir waren nicht gerade Business-like angezogen, und seine sympathischen Augen verleiteten mich die Wahrheit zu sagen. „Nun ich habe mich schon gefragt, wie man in Jeans und T-Shirt auf Geschäftsreise gehen kann?" antwortete der junge Mann lachend. „Na, dann viel Spaß beim Schwimmen." Während er sich wieder umdrehte, hörte ich ihn noch sagen „ Tststs, ganz schön verrückt, aber warum nicht."

Endlich waren wir durch die Zollkontrolle und setzten uns in den Bus, der uns direkt ans Meer fuhr. Dort verlebten wir herrliche sonnige Stunden und dachten nur hin und wieder an die armen Menschen in Deutschland, die bei einem typischen Aprilwetter mit Regen und 14 Grad den Sonntagnachmittag vor der Glotze verbrachten.

Leider geht auch irgendwann der schönste Tag zu Ende und wir wollten mit dem Bus zum Flughafen zurückfahren. Aber wir hatten nicht mit der südländischen Unpünktlichkeit gerechnet. Nachdem der Linienbus nicht kam und wir schon leicht nervös wurden, entschieden wir uns zur nächsten Tankstelle zu laufen, um uns ein Taxi zu rufen.

Immer wieder schaute ich auf die Uhr. Es blieb uns nicht mehr viel Zeit bis zum Abflug und Michaela musste die Tickets vor dem Abflug noch bestätigen lassen. Selbst Michaela, sonst die Ruhe in Person, wurde langsam nervös. Die Zeit verrann immer schneller und zu guter Letzt standen wir auch noch im Sonntag abendlichen Stau. Gut, dass wir kein Gepäck dabei hatten. So konnten wir direkt aus dem Taxi zum Büro der Fluggesellschaft rennen.

Doch dort erwartete uns die nächste Katastrophe. Die Gesellschaft wollte die Freitickets nicht anerkennen und uns blieb nicht mehr viel Zeit bis zum Start. Die Airline, von der Michaela die Flugkarten geschenkt bekommen hatte, kooperierte normalerweise mit der griechischen, mit der wir heimfliegen wollten. Doch diese stellte sich quer. Die Dame hinter dem Schreibtisch wollte die Flugscheine nicht annehmen und wollte uns nötigen neue bei ihrer Airline zu kaufen.

Ich wurde immer hektischer und überlegte schon, wie ich in Gottes Namen die anderen Tickets bezahlen sollte und wie ich meiner Chefin klarmachen sollte, dass ich leider in Griechenland wäre und nicht pünktlich zur Arbeit erscheinen könne. Würde sie mir überhaupt glauben, nachdem ich ja erst gestern neben ihr an meinem Arbeitsplatz in München gestanden hatte?

Die Zeit drängte und als hätte Gott unser Gebet erhört, kam ein Mann ins Büro. Nach einem kurzen Gespräch mit der pampigen Frau drehte er sich lächelnd zu uns herum: "Es tut mir leid, wenn sie Unannehmlichkeiten hatten. Das war alles ein Missverständnis. Natürlich können sie mit der nächsten Maschine nach München fliegen." Er händigte uns die nötigen Unterlagen aus und begleitete uns im Eiltempo zur wartenden Maschine.

Erleichtert ließen wir uns auf unseren Plätzen nieder. Schallend fingen wir an zu Lachen. Was für ein Tag!

So verlebten wir die nächsten zwei Jahre bis es hieß Abschied zu nehmen. Beide wollten wir unsere Träume wahr werden lassen. Michaela folgte ihrem Freund nach Kanada. Er hatte sich nicht sehr wohl gefühlt und ist in seine Heimat zurückkehrt. Dort haben die beiden relativ schnell geheiratet, nicht zuletzt wegen der Aufenthaltsgenehmigung für Michaela.

Und auch mich zog es in die Ferne. Ich beendete meine Beziehung, die schon lange nicht mehr funktionierte, kündigte meine Arbeit, packte meine Koffer und ging für zwei Jahre nach Rom.

Brieflich blieb aber immer noch der Kontakt zu Michaela. So erfuhr ich von ihren und sie von meinen kleinen und großen Problemen.

Nachdem ihre Ehe scheiterte, kehrte sie zurück nach Deutschland, in ihre alte Heimat nach Donauwörth. Auch ich kehrte nicht ganz freiwillig zurück nach Starnberg. Michaela schrieb mir nach wie vor. So erfuhr ich auch von ihrer neuen Liebe. Mit ihrem neuen Ehemann zog es sie nach Norddeutschland. Dort bekam sie zwei Kinder. Ich blieb in Starnberg.

Die Briefe wurden seltener, irgendwann brach der Kontakt zwischen uns ganz ab.

Dann lernte ich meinen Ehemann kennen und aus beruflichen Gründen zogen wir ausgerechnet nach Donauwörth. Für mich war das ein Wink des Schicksals und so schrieb ich Michaela einen Brief an die letzte Adresse, die ich noch besaß, immer in der Hoffnung, sie würde ihn erhalten.

Zwei Tage später rief sie mich an und fragte: "Was um Gottes Willen machst Du ausgerechnet in Donauwörth?" Sie erzählte mir, dass sie ganz erstaunt war, als sie Post aus ihrer alten Stadt erhalten hatte. Als sie den Namen las, konnte sie zuerst gar nichts damit anfangen. Kein Wunder, hatte ich ja seit meiner Heirat einen anderen. Kurz erzählten wir uns, was in den letzten Jahren so passiert ist und versprachen, uns bald wieder zu sehen. Michaela hielt Wort. Als sie ihre Eltern besuchte, kam sie auch bei uns vorbei. Eine Zeit lang telefonierten wir noch miteinander, dann brach der Kontakt ein zweites Mal ab.

Jahre später, mittlerweile waren wir innerhalb von Donauwörth umgezogen, da zu unserem Sohn noch eine Tochter dazugekommen war, wollte ich meine Eltern in Starnberg besuchen. Das Auto war gepackt, die Kinder saßen im Fahrzeug, sperrte ich noch mal die Haustür auf, weil ich etwas vergessen hatte. Als ich wieder herauskam, sah ich eine Gestalt, die mir auf der Straße entgegen kam. Ich traute meinen Augen nicht. „Irene!" „Michaela!" Tatsächlich, Michaela kam des Weges. Wie sich herausstellte, wohnte ihr Vater seit Kurzem ganz in der Nähe und sie war gerade zu Besuch bei ihm. Und da ihr ausgerechnet unsere Straße so gut gefiel, machte sie just in diesem Moment hier einen Spaziergang. Schnell wurden die letzten Erlebnisse und Ereignisse ausgetauscht. Da wir beide umgezogen waren, hatten wir weder Telefonnummern noch Adressen voneinander. Dies holten wir nach und von nun an schrieben wir uns wieder, wenn auch nicht so oft, wie wir es früher getan haben.

Ist es nicht ein gutes Gefühl zu wissen, dass man Menschen, die einem etwas bedeuten immer wieder trifft. Bleibt nur die Frage: ist es Zufall oder Schicksal?

Rheinländischer Humor

Rheinländischer Humor hat so seine eigene Art und gerade in Bayern versteht es nicht jeder. Mein Mann Jörg, Rheinländer, lebt nun schon seit fast 20 Jahren in Bayern und fühlt sich sehr wohl. Das kann man auch an seinem Dialektmischmasch hören. So rutscht ihm schon mal ein „A, so a Schmarrn is dat!" heraus.

Wenn er gut drauf ist, und das ist er oft, dann nimmt er schon mal seine Mitmenschen hoch. Das kann einfach nur ein freundliches Winken aus dem Auto heraus sein, vorwiegend in anderen Städten. Die verdutzten Gesichter, die dann uns und danach das fremde Autokennzeichen begutachten, bringen uns immer zum Lachen.

Manchmal weiß ich nicht, ob ich lachen soll oder lieber im Erdboden versinken möchte. Als wir zum Beispiel vom Gipfel des Wendelstein hinunterstiegen und uns mehrere Wanderer entgegen kamen, sagte er mit ernstem Gesicht: „Möchten Sie noch auf den Gipfel? Dann müssen sie sich aber beeilen, der wird um 14 Uhr geschlossen!" Die ersten Angesprochenen glaubten das auch noch und ich bekam schon ein schlechtes Gewissen. Nicht das sie sich zu sehr beeilten und sich womöglich den Knöchel verstauchten. Die dritte Dame wurde aber richtig fuchsig und antwortete: „Veräppeln kann ich mich selber!"

In Cornwall auf dem Rückweg vom Schloss *Saint Michael's Mount*, wir waren erst zwei Wegbiegungen hinabgestiegen, kam uns zufällig eine Reisegruppe mit älteren Damen aus dem Rheinland entgegen. Eine stöhnte: „Hoffentlich sind wir bald oben, ich kann nicht mehr." Mein Mann antworte ganz trocken: „Oje, das ist noch ein ganzes Stück zu laufen; ungefähr noch 20 Minuten." Sie war vollkommen entsetzt, aber ihre Begleiterin durchschaute sofort den kleinen Witz und widersprach sofort. Ich zuckte nur mit den Schultern und sagte. „Er ist halt Rheinländer!" Sie verstanden mich sofort.

Bei einem Stadtbummel im Schwarzwald bekamen wir Hunger. Während mein Mann noch ein Foto machte, gingen unsere Tochter und ich durch die linke geöffnete Tür einer Bäckerei. Unschlüssig standen wir vor der prall gefüllten Theke und konnten uns nicht entscheiden. In der Zwischenzeit trat mein Mann durch die rechte Tür und stellte sich neben uns. Nach einer Weile sagte er: „Nun entscheiden Sie sich doch mal langsam, junge Frau!" Die Verkäuferin stutzte und schaute ihn pikiert an. Ganz in Gedanken verloren stupste ich ihn an seinen Arm und erst jetzt sah ich den entsetzten Blick in den Augen meines Gegenübers. Schnell klärte ich sie über unsere Familienverhältnisse auf. Die Angestellte fing schallend an zu lachen: „Und ich dachte schon, nun werde ich Zeugin einer Schlägerei!"

Besonders lustig finde ich diese Geschichte: Mein Mann war mit Arbeitskollegen an der Donau unterwegs. Sie warteten auf den Dampfer, der sie von Kehlheim zum Kloster Weltenburg bringen sollte, als sich auf dem Parkplatz ein Reisebus näherte. Ihm entstieg eine Gruppe mit älteren Leuten, die ebenfalls auf das Schiff wollten. Mein Mann löste sich aus der Schar seiner Arbeitskollegen, ging auf die Reisegruppe zu und stellte sich mit den Worten vor: „Grüß Gott, ich bin ihr Reiseleiter." Fragende Blicke und eine verlegene Erwiderung: „Aber wir haben doch gar keinen Reiseleiter!" „Sie wollen doch mit dem Schiff zum Kloster Weltenburg?" Zaghaftes Nicken. „Ja, dann bin ich ihr Reiseleiter und schaue, ob alles klar geht. Halten Sie bitte ihre Fahrscheine bereit, damit wir dann zügig einsteigen können."

Auf dem Weg ins Innere des Ausflugsdampfers, wendete er sich noch mal an die Ausflügler: „Meine Damen und Herren, ich möchte sie darauf aufmerksam machen, dass aufs obere Deck nur die Schwimmer dürfen." Verwunderung, doch dann ertönte eine Stimme: „Karl-Heinz, hast Du gehört? Oben nur für Schwimmer!"

Und dann mit Nachdruck: „Du kannst doch gar nicht Schwimmen." Jörg konnte sich das Lachen fast nicht mehr verkneifen. Seine Kollegen, die alles aus sicherer Entfernung beobachteten, grinsten.

Als auf dem oberen Deck kaum Leute saßen, war es meinem Mann doch peinlich und er war froh, als keiner von der Gruppe auf die Idee kam nach ihm zu suchen.

Heidiland

„Heidi! Heidi! Deine Welt sind die Berge ..." Wer kennt nicht das Lied zu der TV-Serie nach dem Buch von Johanna Spyri. Und wer von Deutschland aus durch die Schweiz nach Italien fährt, kommt, wie auch die Straßenschilder präsentieren, am Heidiland vorbei. Kurz vor Chur und dem San Bernardino Pass erstreckt sich dieses weltberühmte Gebiet.

Wieder mal wollten wir unsere Freunde unweit von Varese besuchen. Diesmal zu einem besonderen Ereignis. Die Jahrtausendwende stand an und was gab es Schöneres, als dies in Italien mit Freunden zu feiern.

Also packten wir unseren zwölfjährigen Sohn und unsere achtmonatige Tochter ein und fuhren los. Bis Vaduz ging es noch relativ gut zu fahren. Leichter Schneefall begleitete uns schon seit dem Bodensee. Nach der Abzweigung Richtung Chur wurde es aber schlagartig schlimmer. Es schneite ohne Unterbrechung und nicht nur wir fuhren langsam den Berg hinauf. Kurz vor der letzten Raststätte mit dem Namen „Heidiland" war es dann soweit: Die Straßen waren kaum noch passierbar und so entschlossen wir uns anzuhalten. Diesen Entschluss fassten auch noch viele andere Autofahrer und so kam es, das nicht nur der Parkplatz restlos überfüllt war, sondern auch die Raststätte.

Beim Eintreten sahen wir ein Gewusel von Menschen aller Nationalitäten. Der Lärmpegel war extrem hoch. Alle wollten nur das Eine: Eine Übernachtungsmöglichkeit. Hinter dem Vermittlungsbüro standen mehrere Mitarbeiter und telefonierten. Wir stellten uns in die lange Schlange der Wartenden. Endlich waren wir an der Reihe. Und dank der Kompetenz der Vermittler fanden wir schnell ein passendes Hotel.

Nachdem wir eingecheckt und unseren Freunden in Italien telefonisch Bescheid gegeben hatten, machten wir einen Spaziergang durch den tief verschneiten Ort auf der Suche nach einem Restaurant. Auch wenn dieser

Aufenthalt ungeplant war, mussten wir feststellen, dass wir so einen schönen Zwischenstop schon lange nicht mehr hatten.

Nur 1½ Jahre später fuhren wir wieder über den Pass. Diesmal hatten wir unseren Urlaub mit unserem neuen Fahrzeug in Rom und in der Toskana verbracht und machten auf der Rückfahrt einen Abstecher bei unseren Freunden. Wir fuhren absichtlich erst um neun Uhr abends ab, um dem Rückreisestau zu entgehen. Nach unseren Berechnungen müssten wir spätestens um zwei Uhr zu Hause ankommen. Unser Sohn, der am nächsten Tag zur Schule musste, schlief schon mal eine Runde im Auto. Bei herrlichem Frühsommerwetter fuhren wir ab. Ich hatte noch mein dünnes Sommerkleid und Sandalen an. Auf meinen Vorschlag, mich noch umzuziehen, meinte mein Mann nur, das lohne sich nicht, wir wären ja sowieso gleich zu Hause.

Die Kinder schliefen, wir fuhren über den Bergsattel, es regnete und es war kühl. Mittlerweile war es kurz vor Mitternacht. Ich sah zum Fenster raus und las die Werbeschilder für das „Heidiland". Ich grinste und wollte mich gerade über unseren unfreiwilligen Aufenthalt vor 1½ Jahren äußern, da ruckelte das Auto leicht. Ich dachte, mein Mann will mich veräppeln, aber da bemerkte ich schon, dass er an den Rand rollte und die Warnblinkanlage anschaltete. Verdutzt sah ich zuerst ihn an und dann auf das Armaturenbrett. Alle roten Kontrolllampen leuchteten auf.

„So," bemerkte mein Mann, „das war's! Suche schon mal die Telefonnummer vom Autoclub heraus." Noch immer hatte ich nicht begriffen, was nun passiert war, als mein Mann ausstieg, die Pannenstelle sicherte und anschließend nach dem Motor schaute. Da aber nichts zu machen war rief er den Autoclub an. Nun sollte es sich doch mal lohnen schon seit Jahren Mitglied zu sein und einen Auslandschutz zu haben.

Von da an ging alles sehr schnell, in kürzester Zeit war ein Pannenhelfer zur Stelle, teilte uns mit, dass unser Fahrzeug einen Motorschaden habe und schleppte uns zur nächsten Werkstätte ab.

Von dort verständigte er ein Taxi. Der freundliche Taxifahrer fuhr uns nun durch die Ortschaft, mittlerweile war es schon ein Uhr und wir mussten feststellen, dass die wenigsten Hotels um diese Zeit noch geöffnet hatten. Als der Taxifahrer vor einem vier Sterne Hotel anhielt, machte mein Herz einen Luftsprung. Nicht schlecht, dachte ich mir. Aber leider wurde nichts aus dieser luxuriösen Übernachtung, da kein Mensch anzutreffen war. Obwohl das Hotel hell erleuchtet und geöffnet war, die Computer hinter der Rezeption angeschaltet waren, war keine Menschenseele in der Lobby anzutreffen. Der Taxifahrer ging rufend durch die Gänge, mein Mann griff zum Telefon hinter der Rezeption und wählte. Aber niemand meldete sich. Mittlerweile mussten wir auf die Toilette, aber selbst auf der Suche danach, trafen wir auf keinerlei Personal. Enttäuscht fuhren wir mit dem Taxi weiter und fanden ein kleines Hotel, das auf unser Klingeln hin öffnete.

Als wir im Bett lagen, die Kinder schliefen schon, fragte ich meinen Mann, ob wir weinen oder lachen sollen. „Lachen!" antwortete er.

Am nächsten Morgen rief ich erstmal in der Schule unseres Sohnes an. Auf meine Entschuldigung hin, erwiderte die Sekretärin nur, dass die Ausrede mit dem Motorschaden schon öfter gewählt worden war. Ich war entrüstet. Da sagt man die Wahrheit und keiner glaubt einem.

Bei der Werkstatt angekommen stellte sich schnell heraus, das die Reparatur zu lange dauern würde und somit stellte uns der Autoclub einen Leihwagen zur Verfügung. Unser Auto wurde nach Deutschland überführt und trotz der unerwarteten Panne waren wir doch positiv erstaunt, wie schnell und unbürokratisch die Abwicklung verlaufen war.

Eines ist mir jedoch bis heute noch nicht ganz klar: Steht vielleicht in der Raststätte „Heidiland" ein Schaltpult, an dem ein Angestellter die Möglichkeit hat, mehrere Knöpfe zu bedienen und wählen kann zwischen „starkem Schneetreiben", „Autopanne" oder diversen „anderen Zwischenfällen"? Auf diese Weise wird der Tourismus im Heidiland gesichert. Ich habe seitdem auf jeden Fall immer ein mulmiges Gefühl, wenn wir an dieser Stelle vorbeifahren .

Angelo

Angelo habe ich vor fast 30 Jahren kennen gelernt. Er war damals der Freund von Marinella, heute ist er ihr Mann. Marinella, Elena und Giulia, drei Italienerinnen vom *Lago Maggiore*, haben meine Freundin Petra und ich auf unserem Trip nach Griechenland vor 30 Jahren kennen gelernt. Und trotz 500 Kilometer Entfernung ist unsere Freundschaft stetig gewachsen.

Angelo ist kein typischer Norditaliener, die der deutschen Mentalität ähnlich sind. Angelo ist lebhaft, hektisch, chaotisch und doch sehr liebenswert. Auch sein Äußeres lässt eher auf einen Süditaliener schließen. Irgendwann hakte ich nach. Und tatsächlich: Angelos Großeltern waren Neapolitaner! Das erklärte einiges.

Angelo trägt immer eine Sonnenbrille, auch im Winter und teilweise auch im Restaurant. Mein Mann Jörg sprach ihn darauf an, aber Angelo redete sich mit Floskeln heraus. Bis wir eines Tages zufällig die Wahrheit erfuhren. Angelos Sonnenbrille war keine gewöhnliche. Auch ihn hatte die Alterskurzsichtigkeit erwischt und da er nun mal sehr viel Wert auf sein Äußeres legt, kaufte er sich eine dunkel gefärbte Lesebrille.

Wer mit Angelo unterwegs ist, der hat viel zu erzählen. Bei jedem Treffen kommt die Rede mindestens einmal auf gemeinsame Erlebnisse mit ihm. Elena erzählt vom Wochenendtrip an den Gardasee, ausgerechnet in der Hochsaison. Kein Zimmer zu reservieren, für Angelo nämlich völlig überflüssig, hatte zur Folge, dass drei Familien mit Ihren kleinen Kindern die Nacht in und vor den Autos auf einem Parkplatz verbrachten.

Jörg erinnerte sich an den Abend an dem er gemeinsam mit Angelo Pizza holen sollte. Trotz des flotten Fahrstils, benötigten die beiden geschlagene zwei Stunden um den Auftrag auszuführen. Dabei entdeckte Jörg den Liebreiz der Stadt *Varese*, denn Angelo fuhr von einer Ecke in die nächste. Die erste Pizzeria, ein chinesisches Lokal mit der angeblich besten Pizza der Stadt, hatte geschlossen. Das gleiche Spiel folgte noch dreimal. Als sie endlich eine geöffnete Pizzeria fanden, hatte Angelo die Liste mit den gewünschten Pizzen im weit entfernt geparkten Auto vergessen. So bekamen zwar Angelo und Jörg die richtigen, jedoch die wartenden und halb verhungerten Gäste mussten mit dem vorlieb nehmen, was Angelo scheinbar zufällig ausgewählt hatte.

Angelo hat auch sonst immer tolle Ideen. Zum Beispiel, wie man viel Geld sparen kann. Zum Tanken fuhr er deshalb, wie viele andere Italiener auch, stets in die nahe Schweiz. Dazu überredete er oft auch andere. Eines Tages war Jörg an der Reihe. Er folgte Angelo mit seinem Auto über die Grenze. Nur, Angelo wurde unkontrolliert durch gewunken. Jörg dagegen wurde von den Zollbeamten gefilzt. Wahrscheinlich kam es ihnen verdächtig vor, dass ein Mann alleine mit seinem Sohn über die Grenze in die Schweiz fuhr. Während Jörg genervt zusehen musste, wie man sein Auto auseinander nahm, fuhr Angelo seelenruhig zum Tanken und als er merkte, dass ihm keiner folgte, wartete er gelassen in der Bar bei einem c*affè* auf das Eintreffen von Jörg und seinem Sohn.

Seinen c*affè* trinkt Angelo immer mit mindestens sechs Löffeln Zucker. Aber Achtung, nicht umrühren, sonst wird er zu süß!

Eine andere spontane Idee von Angelo war der Ausflug ans Meer. Am Abend teilte uns Angelo mit, dass wir am nächsten Tag gemeinsam ans etwa 250 Kilometer entfernte Meer in Ligurien fahren könnten. Große Zustimmung bei den Kindern. Also gesagt, getan.

Da Angelo über ein sehr geräumiges Fahrzeug verfügt, schlug er vor, uns am nächsten Tag um acht Uhr in unserem Feriendomizil abzuholen. Wohlwissend von Angelos Unpünktlichkeit, einigten sich mein Mann und ich, dass wir erst um acht Uhr dreißig startklar sein würden. Aber weit gefehlt! Fröhlich wie immer fuhren Angelo, Marinella und Tochter Anna um neun Uhr dreißig auf den Hof und trafen drei etwas genervte pünktlichkeitsgewohnte Deutsche an.

Auf der dreistündigen Fahrt lockerte sich langsam die Stimmung und voller Vorfreude mochte man Angelo so wie er nun mal war. Untypisch für Italiener, kamen wir bei der größten Mittagshitze am Meer an, um nach dem von Marinella mitgebrachten Mittagsmahl in die Fluten zu springen. Normalerweise sind in Italien zwischen elf Uhr vormittags und vier Uhr nachmittags alle Straßen, Plätze und Strände wie leergefegt. Die sengende Hitze war für Angelo, Marinella und Anna kein Problem, denn schon im Juni waren alle drei tiefbraun und zudem mit dunklen Haaren gesegnet. Wir dagegen kämpften mit unserer hellen, sommersprossigen Haut und den blonden und roten Haaren gegen die Sonnenstrahlen. Da gab es nur eines, so viel wie möglich im Wasser bleiben.

Dank der Hitze schwanden langsam meine Kräfte. So aber nicht bei Angelo. Um vier Uhr nachmittags sprang er voller Tatendrang auf und verfrachtete uns weitere 50 Kilometer Richtung Frankreich. In diesem Städtchen sollte es laut Angelo die besten *pesci fritti* geben und Tochter Anna schwärmte von der besten *focaccia* Liguriens. Nur, keiner von beiden wusste noch, wo es diese Köstlichkeiten gab. Also rannten wir stundenlang durch die Altstadt von *Celle* um an jedem Restaurant anzuhalten und besagte Spezialitäten zu ergattern – leider ohne Erfolg. Nach zwei Stunden hatte selbst die Ehefrau erbarmen mit uns und überredete ihren Gatten zu einem Kompromiss. Angelo bekam zwar seinen „frittierten Fisch", aber in etwas minderer Qualität und auch Anna musste sich mit einer weniger guten *focaccia* zufrieden geben.

Wer nun denkt, damit wäre das Abenteuer zu Ende, der irrt! Nun wurde erstmal eine *bella figura* abgegeben.

Sehen und gesehen werden. Auf der Promenade flanierten wir, wie hundert Andere, auf und ab und die Kinder durften Karussell fahren. Dabei stand aber nicht das Karussell im Vordergrund, sondern die Gewinne. In Italien ist es üblich einen Gegenstand über dem Karussell zu befestigen. Wenn ein Kind diesen herunterriss bekam es anschließend ein kleines Geschenk. Und auch wenn die beiden Mädchen nicht wirklich an den oft wertlosen Krimskrams interessiert waren, dabei sein und siegen war alles.

Stunden später, es näherte sich Mitternacht und wir alle freuten uns auf unser Bett. Halt: Einer nicht - Angelo! Er wollte nun noch ein Abschiedseisbecher. Und zwar in einer anderen Stadt, noch weiter Richtung Frankreich. Aber hier schaltete sich Marinella ein und konnte ihren schmollenden Ehemann dazu überreden, ein Eis auf der Promenade in *Celle* zu geniessen. So konnten wir dann endlich die Heimreise antreten und kamen nach fast vier Stunden todmüde in unserem Appartement an.

Vorgewarnt von diesem schönen, aber auch anstrengenden Ausflug wurden, wir in Zukunft vorsichtiger, wenn Angelo wieder *die* Idee hatte.

Im nächsten Jahr erzählte er uns stolz, dass er sich ein Motorboot gekauft habe und dieses am Luganer See läge. Und natürlich mussten wir es unbedingt bewundern und eine Fahrt mit ihm machen. Wir zögerten diese Fahrt so lange wie möglich hinaus.

Doch eines Nachmittags, um fünfzehn Uhr, entkamen wir dieser Einladung nicht mehr. Wir verabredeten uns in einem kleinen Ort am Luganer See. Was wir nicht wussten, um diese Zeit ist in *Varese* die Hölle los und als Ortsunkundige fuhren wir mitten durch diese Stadt. Wir kamen um siebzehn Uhr an, aber von Angelo war weit und breit nichts zu sehen. Also entschieden wir uns an den Hafen zu fahren. Und wer war in bester Laune dabei beschäftigt sein Boot ins Wasser zu lassen? Angelo!

Wir fuhren mit dem Boot über den See um in einem netten Strandcafé einen *caffè* zu trinken. Gegen neunzehn Uhr erinnerte ich die Männer daran, dass wir uns mit Angelos Frau und den anderen zwei Familien für den heutigen Abend in einer Pizzeria, etwa eine Stunde vom Hafen entfernt, verabredet hatten. Und zwar schon um 20 Uhr. Also fuhren wir zum Anlegehafen zurück.

Als wir aber am Steg anlegten, bemerkte ich, dass der Zugang zu diesem mit einem riesigen Eisentor verschlossen war. Das störte Angelo nicht. Sein Kommentar: „Die schließen bereits um neunzehn Uhr ab." Auf unsere Frage, wie wir nun ans Ufer kämen, hob er seine Tochter auf das etwa 2,50 Meter hohe Tor und ließ sie auf der anderen Seite hinunter springen. Lachend forderte er uns auf, das Gleiche zu tun. Mein Mann sah meine verschreckten Augen und erklärte ihm, dass das nicht möglich sei. Daraufhin hatte Angelo die geniale Idee, dass Jörg, der Gott-sei-Dank einen Bootsführerschein hat, mit dem Boot zur Slipanlage fährt, um dann unsere Tochter Chiara und mich vom auf den Anhänger gezogenen Boot herunterzuheben.

Nachdem wir wieder festen Boden unter den Füßen hatten versuchte Angelo sein Auto samt Anhänger mit Boot von der steilen Slipanlage auf die Straße zu fahren. Dabei hatte er gewaltige Probleme, obwohl er ein ausgesprochen großes und leistungsstarkes Auto fuhr. Als er das gesamte Gespann nicht von der Slipanlage bekam und die Luft schon stark nach Kupplung und Bremsen stank, forderte er Jörg zur Mithilfe auf. Er hatte die tolle Idee, dass Jörg vom Beifahrersitz mit den Händen das Gaspedal bedienen solle, während er vom Fahrersitz versuchte das Gespann den Hang hinauf zu bekommen. Als dies erwartungsgemäß wieder zum Misserfolg führte, schlug mein Mann ihm vor, dass er es mal probieren könnte. Keine Minute später stand das Fahrzeug mit dem Boot auf der Straße!

Nun fing es an zu regnen. Mittlerweile war es bereits zwanzig Uhr dreißig und wir hatten noch ein gutes Stück Autofahrt vor uns. Das alles wäre nicht weiter schlimm, schließlich kennen wir ja Angelo und sein Hang zur Unpünktlichkeit. Aber unser Treffpunkt war auf einem Supermarktparkplatz, da irgendjemand glaubte, wir würden die Pizzeria nicht finden. Darum kam es zu diesem ungewöhnlichen Ausgangspunkt.

Als wir um zweiundzwanzig Uhr endlich an diesem Parkplatz eintrafen regnete es mittlerweile in Strömen! Jörg und ich rechneten nicht mehr damit die anderen anzutreffen. Aber als wir auf dem fast leeren Platz ankamen, standen dort nur noch zwei Autos. Unter der aufgeklappten Hecktür und zwei aufgespannten Regenschirmen standen dicht gedrängt unsere Freunde, während die Kinder sich die Zeit mit spielen im Auto vertrieben.

Wer jetzt glaubt, dass uns alle grimmig entgegen traten, hat sich getäuscht. Der einzige Kommentar war, dass sie nun einen Bärenhunger hätten. Unser Erstaunen und unsere Frage, ob sie denn nicht sauer wären, quittierten sie mit den Worten: „Aber wir kennen doch alle Angelo!"

Auf der Suche

An ihrem 18. Geburtstag erfuhr sie die Wahrheit. Und obwohl sie es schon immer geahnt hatte, konnte und wollte sie es nicht glauben. Warum hatten sie es ihr nicht schon eher gesagt. Hatten sie kein Vertrauen zu ihr. Sie liebte sie doch. Die Tatsache, dass sie als Baby adoptiert worden ist, änderte doch nichts an ihrer Liebe zu ihnen. Aber nun war sie enttäuscht und sehr traurig. Sie sagte kein Wort, nahm den Brief den sie ihr gegeben hatten und ging in den Garten.

Sie saß lange auf der Bank bevor sie den Brief öffnete. Außer den wenigen handgeschriebenen Zeilen war noch ein altes Foto im Umschlag. Es zeigte ein junges, scheinbar sehr verliebtes Paar. Auf der Rückseite standen zwei Namen und eine Jahreszahl, genau ein Jahr vor ihrem Geburtsjahr. Sie las: Bettina Bauer und Aldo Rossi.

Als sie sich etwas beruhigt hatte, ging sie wieder hinein und forderte ihre Eltern auf ihr nun endlich die ganze Wahrheit zu sagen. Unter Tränen erzählte ihr die Mutter alles was sie wusste und der Vater ergänzte mit wenigen Details.

Als sie sich alles angehört hatte, ging sie schlafen.

Am nächsten Morgen eröffnete sie ihren Eltern, dass sie im Augenblick ein wenig Abstand benötige, um über alles nachdenken zu können. Sie bräuchten keine Angst haben, sie würde sie immer noch lieben, aber enttäuscht wäre sie dennoch.

Was sie denn jetzt vorhabe, fragte der Vater. „Ich fahre nach Venedig und suche meinen leiblichen Vater. Meine Mutter kann ich ja nicht mehr finden", erwähnte sie sarkastisch.

Während sie ihren Koffer packte, ging ihr der kurze Brief ihrer leiblichen Mutter durch den Kopf. Kurz schilderte sie die Liebesbeziehung zu dem Venezianer, der ihr verschwiegen hatte, dass er bereits verheiratet war, das sie an Krebs erkrankt sei und nicht mehr lange zu Leben hätte.

Sie fiel in einen unruhigen Schlaf und träumte von Gondeln in Venedig.

Er hatte mal wieder Probleme. Nur knapp war er gestern den Geldeintreibern entkommen. Mit denen war nicht zu spaßen. Genauso wenig wie mit seinem Vater. Ihn brauchte er nicht mehr anzupumpen. Zu oft hatte er ihm schon aus der Patsche geholfen. Diverse Freunde hatte er auch schon überstrapaziert. Aber was konnte er dafür, dass man mit ehrlicher Arbeit nichts verdiente. Und annehmbare Jobs gab es auch nicht wie Sand am Meer. Es war doch nicht seine Schuld, wenn er sein Leben nicht in den Griff bekam. Ohne Mutter aufgewachsen - sie starb als er fünf Jahre alt war - und einem Vater, der sich in seiner Arbeit vergrub. Es half nichts. Irgendwie musste er sehr schnell zu Geld kommen, sonst würde es ihm übel ergehen.

Sie saß im Zug nach Venedig und las den Brief ihrer leiblichen Mutter zum wiederholten Mal. Was wollte sie eigentlich in Venedig? Wo sollte sie anfangen zu suchen? Sie wusste ja nur seinen Namen und wie sie mittlerweile im Internet recherchiert hatte, gab es diesen Namen nicht nur einmal. Ausgerechnet ihre leiblichen Eltern hatten Allerweltsnamen. Das machte die Sache nicht gerade leicht. Aber so schnell gab sie nicht auf. Sie hatte ihre gesamten Ersparnisse abgehoben, damit würde sie wohl eine Weile auskommen.

Er war genervt. Keiner seiner Kumpel konnte oder wollte ihm helfen. Wenn ihm nicht bald etwas einfiel ... Nur ein kleines Wunder konnte ihm aus dieser Misere helfen. Er schlenderte durch die kleinen Gassen von Venedig und sah nicht mehr die Schönheit dieser Stadt. Für ihn war es eine kleine zerfallene Stadt, die dem Untergang geweiht war, aber das interessierte ihn auch nicht. Die Touristen, die jedes Jahr zu Tausenden mit Begeisterung über die kleinen Brücken liefen, belächelte er nur.

Sie war berauscht. Sie wusste von Erzählungen, dass Venedig einzigartig sei, aber das was sie nun mit eigenen Augen sah, übertraf alles. Mit ihrem kleinen Koffer und ihrer Tasche, die sie wohlweisslich quer über die Schultern trug, bummelte sie vom Bahnhof gemütlich zu der kleinen Pension, in der sie ein Zimmer reserviert hatte. Was dann geschah, ging so schnell und sie hatte keine Chance es zu verhindern. Sie spürte einen starken Ruck und sah einen jungen Kerl, der mit ihrer Handtasche davon lief. Sie schrie und versuchte ihm zu folgen, doch ohne Erfolg, denn die Gassen waren voller Menschen und so verschwand er in der Menge.

Es ging ganz schnell und es war gar nicht schwer. So leicht hatte er es sich nicht vorgestellt. Ein junges Mädchen mit Koffer und Handtasche stand vor einer kleinen Kirche und begutachtete diese mit sichtlicher Begeisterung. Er brauchte nur schnell an ihr vorbei rennen und mit dem Taschenmesser den Träger durchzuschneiden. Alles ging blitzschnell und zu seinem Glück wimmelte es nur so von Touristen. Sie hatte keine Chance. Nun saß er auf einer Bank auf einem kleinen Platz abseits der Menschenmassen und durchstöberte den Fang. Mist, viel Geld war nicht darin. Er suchte weiter und fand ein altes Foto. Ihm stockte der Atem. Das konnte doch gar nicht sein. Er schaute sich das Foto noch mal an. Der Mann, der eine junge Frau im Arm hielt, sah ihm verdammt ähnlich. Jedoch musste das Foto schon älter sein. Verdutzt drehte er es um. Und da wurde ihm alles klar, als er den Namen las.

Die Tränen liefen ihr nur so hinunter. Wie konnte das nur passieren, sie hatte doch extra aufgepasst. Das Geld war ihr egal, dass meiste hatte sie sowieso im Koffer versteckt, aber nun war das Foto von ihren Eltern weg. Das Einzige was sie von ihnen besaß. Und was sollte sie nun tun? Langsam beruhigte sie sich wieder und dachte nach. Erstmal wollte sie in die Pension gehen. Vielleicht könne man ihr dort helfen.

Sein Vater starrte auf das Foto. Nach einigen Minuten, in denen die Spannung spürbar war, fragte er ihn, woher er das Foto habe. Er log, die Wahrheit konnte er schlecht sagen. Er habe es auf dem Boden am Bahnhof gefunden. Sein Vater sah ihn zweifelnd an. Er kannte seinen Sohn und wusste nur zu genau in welcher misslichen Lage er ständig war. Seit dem frühen Tod seiner Frau hatten sie es nicht leicht gehabt. Es war auch sein Fehler gewesen. Anstatt sich um seinen Sohn zu kümmern hat er seinen Kummer mit Arbeit erstickt. Nun bekam er die Quittung dafür. Mit seinen zwanzig Jahren hatte er noch immer keinen Boden unter den Füßen. Eine abgebrochene Schule, ein paar Jahre Internat, mehrere Anläufe zu einer geregelten Arbeit. Sein Lebenslauf las sich, wie der von einem wesentlich älteren Mitbürger. Er seufzte und nahm einen neuen Anlauf.

Die Besitzerin der Pension war sehr hilfsbereit und half ihr bei den lästigen Formalitäten bei der Polizei. Diese hatte schon nach wenigen Tagen ihre Handtasche gefunden. Aufgeregt durchsuchte sie diese. Außer dem Geldbeutel und dem Foto war noch alles vorhanden. Sie ärgerte sich. Trotzdem beschloss sie nicht aufzugeben und weiter nach ihrem Vater zu suchen. Vage konnte sie sich an sein Aussehen erinnern.

Die Erinnerung kam wieder hoch. Lange hatte er die Vergangenheit verdrängt. Er war verheiratet und hatte gerade einen Sohn bekommen. Dieser war auch der Grund für die vorschnelle Heirat. Er mochte seine Frau, aber was Liebe war, erfuhr er erst kurze Zeit später, als er Bettina traf. Er traf sie an einem herrlichen Frühlingstag. Er hatte es wie immer eilig und übersah sie zunächst. Erst als sie ihn entsetzt ansah, mit der leeren Eistüte und dem mit Eis verschmierten Sommerkleid, registrierte er sie. Und in diesem Augenblick wusste er, dass es sie wirklich gab, die Liebe auf den ersten Blick.

Sie war müde und glaubte nicht mehr daran, ihn zu finden. Langsam wurde ihr Geld knapp. Von ihren Eltern Geld zu leihen kam nicht in Frage, sie musste es alleine schaffen. Das sie kein Italienisch konnte, machte es ihr auch nicht gerade leicht.

Die Beschreibung über das Mädchen, die sein Sohn ihm endlich machte, war mehr als dürftig. Seine Wut über ihn flaute allmählich ab. Umso länger er nachdachte, desto mehr glaubte er, dass es das Schicksal gut mit ihm meinte. Er musste sie finden. Sie war die einzige Spur zu Bettina. Seit Jahren versuchte er sie zu finden, ohne Erfolg. Und dann erfuhr er auf diesem Weg, dass er wahrscheinlich noch mal Vater geworden war. Oder warum hatte sie ein Foto von ihm und Bettina in der Handtasche? Wo sollte er anfangen zu suchen? Hier in Venedig oder doch lieber in der Heimatstadt von Bettina?

Der Anruf schockte sie, ihr Vater lag nach einem Herzinfarkt im Krankenhaus. Ihre Entscheidung war klar, sie buchte einen Flug nach Hause. Ob sie noch mal wiederkehren sollte, wollte sie sich noch überlegen. Die Suche gestaltete sich als aussichtslos. Auch wenn sie ihren leiblichen Vater gefunden hätte, was sollte sie ihm sagen? „Hallo ich bin deine Tochter!" Immer mehr tat sie die sinnlose Suche als Hirngespinst ab. Die plötzliche Krankheit ihres Vaters kam ihr fast wie eine Erlösung vor. Er war ihr Vater, ihn liebte sie und zu ihm wollte sie so schnell wie möglich zurück.

Spontan buchte er einen Flug nach Deutschland. Seine Zweifel wurden von dem Gedanken überflügelt, endlich das Richtige zu tun. Viel zu lange hatte er gewartet. Als er ins Flugzeug stieg und seinen Platz ansteuerte, kam langsam Nervosität auf. Auf dem Nebenplatz saß bereits ein junges Mädchen. Als er sie bat, ihn vorbei zu lassen, trafen sich ihre Blicke.

Es traf ihn völlig unerwartet. Er sah in das Gesicht von Bettina und er las in ihren Augen, dass auch sie ihn erkannte.

Der junge Soldat

Auf der Pritsche lag ein junger Soldat und starrte auf die Holzkiste. Heute war sein 21. Geburtstag. Vor ihm standen ein Sandkuchen und ein Kerzenstumpen. Zitternd zündet er die Kerze an und sang leise ein Geburtstagslied.

Das seine Mutter daran gedacht hatte, dass dies sein Lieblingskuchen war. Das Wasser lief ihm im Mund zusammen. Am liebsten würde er den Kuchen probieren. Nein, heute noch nicht. Er wollte möglichst lange die Vorfreude auf den Geschmack von Heimat, Geborgenheit und Liebe genießen.

Heimat! Seit zwei Jahren war er nicht mehr Zuhause gewesen. Jeder Brief von der Familie war wie ein Hauptgewinn. Und nun kam heute das Päckchen. selbst gestrickte Socken und Handschuhe von den Schwestern, der Kuchen von der Mutter und ein Brief. Schon fünfmal hat er ihn gelesen. Heimat! Wann sah er sie wieder?

Kurz nach Kriegsbeginn, er war gerade 17 Jahre, kam er nach Russland. Als vor einigen Monaten Freiwillige für Afrika gesucht wurden, meldete er sich. Für ihn gab es nur einen Gedanken: Weg von der Kälte. Nun waren sie seit einigen Monaten in Italien und warteten auf den Befehl.

Ob er doch ein Stück vom Kuchen probieren sollte? Nein, erst morgen und bei diesem Gedanken schlief er ein.

„Aufwachen, Gefreiter, Sie haben verschlafen!" Erschrocken und verwirrt starrt der junge Soldat seinen Vorgesetzten an. „Nun aber schnell, Gefreiter!" ruft ihm der junge Oberleutnant zu.

Schnell sprang der junge Mann von der Holzpritsche, zog sich seine Uniform an und rannte nach draußen.

An der Quelle wusch er sich. Dann ging er weiter zu dem ausgehobenen Loch mit dem Balken. Der Gestank von verwesendem und frischem Kot stieg ihm in die Nase und auf nüchternem Magen kämpfte er mit der Übelkeit.

Während er auf dem Balken saß, überlegte er, wie lange er das alles noch aushalten musste.

Was war das? Er rieb sich die Augen. Die kleinen schwarzen Punkte am Himmel wurden immer größer. Sie kamen immer näher. Er erkannte feindliche Flieger. Was nun? In die Scheiße fallen und darin ersticken? Oder auf die Wiese fallen lassen und von den Bomben getroffen werden? Die Flieger kamen näher. Die Gedanken überschlugen sich. Dann der Sprung. Unerträglicher Gestank umgab ihn. Nahe einer Ohnmacht, betete er zu Gott. Gott, wenn es dich gibt, hilf uns! Aber gab es Gott wirklich?

Lautes Krachen riss ihn aus seinen Gedanken. Vorsichtig zog er sich am Grubenloch hoch und schaute über den Rand. Was er zu sehen bekam, ließ ihn den Atem stocken. Von dem einstigen Gebäude war nichts mehr zu sehen. Nur Schutt und Asche, Rauch und Feuer.

Er wartete noch einige Minuten bis er sicher war, dass die Flieger nicht umkehrten, dann zog er sich aus der Grube hoch. Ungläubig starrte er auf die Reste. Er hatte Angst, noch nie hatte er soviel Angst gehabt.

Sein Hals war wie zugeschnürt, als er zu dem Ort des Schreckens ging, die Beine versagten, sie fühlten sich an wie Gummi. Doch er musste gehen. Magisch zog ihn etwas vorwärts. Da lagen sie, seine Kameraden, Freunde. Tot. Noch gestern hat er mit ihnen gelacht, über die hübschen Italienerinnen geredet und über die Zukunft philosophiert. Blutüberströmt lagen sie da. Tränen liefen dem Soldaten über das Gesicht.

Nach und nach zog er seine Kameraden aus den Trümmern. Völlig sinnlos, denn er konnte nur deren Tod feststellen. Aber er gab nicht auf und grub weiter. Er spürte nichts mehr. Keine Trauer, keinen Schmerz. Seine Hände bluteten, er hatte sie sich an den zerfetzten Scheiben, Brettern und Steinen verletzt, aber er spürte nichts. Er suchte weiter. Irgendwann setzte er sich hin und fing bitterlich an zu weinen.

Plötzlich hörte er ein Wimmern. Fast konnte er es nicht glauben. Er sprang auf und ging dem Geräusch nach. Dort unter den Steinen hörte er es wieder. Und er grub. Verletzt lag dort ein Mann. Er befreite ihn.

Trotz Unerfahrenheit hatte er schnell bemerkt, dass dieser Mann schwerste Verletzungen hatte. Fieberhaft überlegte er, was er nun tun sollte. Bis zum nächsten Dorf waren es bestimmt fünf Kilometer. Der Verletzte war ein großer starker Mann und er nur ein kleiner zierlicher. Aber es musste gehen. Er packte sich ihn über die Schultern und stolperte zur Straße hin. Außer einem leisen Stöhnen des Verletzten, vernahm er nichts mehr. Er wusste nur eines: Er hatte nicht viel Zeit. Mit einer Kraft die er normalerweise nie gehabt hätte, schleppte er den Mann weiter Richtung Dorf. Mit jedem Schritt wurde es unerträglicher.

Da hörte er ein Geräusch hinter sich. Ein Esel mit Gespann kam langsam die Straße herab. Auf dem Wagen saß ein alter Mann. Vorsichtig legte der junge Soldat den Verletzten nieder und sprang dem Wagen entgegen. Wild gestikulierend rief er: „*Aiuto, aiuto*", eines der wenigen italienischen Worte, die er kannte. Mit Händen und Füßen erklärte er dem Mann seine Situation. Der alte Mann verstand schnell und half ihm den Verletzten auf den Karren zu heben. Danach setzte sich der junge Soldat neben den Schwerverletzten.

Der Italiener fuhr durch das Dorf hindurch und hielt erst am letzten Haus an. Zum jungen Soldaten rief er: „*Medico, Medico*!" Dann klopfte er ans Haus und rief laut nach den Bewohnern.

Eine Frau sah aus dem Fenster und erkannte sofort die Situation. Kurz darauf kam der Arzt herausgestürmt und zusammen trugen sie den Verletzten hinein.

Während der Arzt alles tat um dem Schwerverletzten zu helfen, gab die Frau dem jungen Soldaten einen warmen Tee. Nach einer Weile verstand er auch ihr Anliegen. Sie bot ihm frische Kleidung an.

Am nächsten Tag wollte der junge Soldat weiter ziehen, nach Rom. Er musste doch eine Mitteilung machen. Er zog seine alte, frisch gewaschene Uniform an, nahm dankend die Brotzeit entgegen und schaute ein letztes Mal zum Verletzten. Da erst erkannte er den jungen Oberleutnant wieder. Der Oberleutnant lächelte gequält und flüsterte leise „Danke!" Der junge Soldat konnte nur nicken. Dann nahm er seine Brotzeit und ging.

Er ging die Straße weiter, sie führte geradewegs nach Rom. In zwei Tagen würde er ankommen.

Bereits eine Weile unterwegs liefen dem Soldaten Tränen über die Wange. Es waren Tränen der Wut. Warum nur zum Teufel hatte er den Kuchen nicht gleich gegessen.

Die letzten Tage …

23. April 1945

Der Kompaniechef unterrichtet die Kompanie-Angehörigen gegen 17.00 Uhr in *Sassuolo* - südlich von Modena - vom Abmarsch nach *Ostiglia* am Po.

Zu diesem Zeitpunkt waren die Amerikaner bereits auf dem Weg vom Süden in den Norden und daher bedrohlich nah.

Nach Ankunft in *Ostiglia* stellten wir fest, dass alle Brücken über den Po zerstört waren. Es gab keine Möglichkeit mehr, den breiten Fluss zu überqueren, weder mit unseren Transportmitteln noch zu Fuß. Daraufhin wurden wir aufgefordert uns in kleinen Gruppen bis zum Gardasee durchzuschlagen. Und damit wir nicht als Deserteure galten verteilte der Kompaniechef die Wehrpässe.

Um das etwa 150 Kilometer entfernte Ziel zu erreichen, mussten wir erstmal den Po durchschwimmen. Mein Freund und ich beschlossen, am nächsten Tag gegen Mittag den Fluss zu durchqueren.

Die Nacht verbrachten wir aber noch auf der südlichen Seite des Flusses. Ich versteckte meinen Lastwagen in einer Scheune. Wir schliefen jedoch etwa 100 Meter entfernt auf einer Wiese, weil im Wagen eine Panzerfaust lag. Dass dies eine kluge Entscheidung war, merkten wir spätestens in dieser Nacht, denn amerikanische Tiefflieger griffen uns an und der Lastwagen mitsamt Panzerfaust flog in die Luft. Von der Scheune blieb nichts mehr übrig.

Auch am nächsten Tag machten die Tiefflieger Jagd auf uns. Das Durchschwimmen des Po´s war fast unmöglich. Um nicht getroffen zu werden, mussten wir immer wieder untertauchen. Dabei machten sich meine Stiefel sowie meine Hose, die ich zu einem Bündel geschnürt hatte und an einer etwa 80 cm langen Schnur mit meinem Mund hinter mir herzog, selbstständig.

Zu meinem Glück hatte ich meinen Wehrpass, meine Familienbilder sowie meinen Rosenkranz, den ich bei einer Privataudienz von Papst Pius XII bekommen hatte, in meiner Uniformjacke. Diesen Rosenkranz erhielt ich im Frühjahr 1944, als eine Abordnung von deutschen Soldaten der Armee-Vermittlung in Rom ausgewählt wurde, um den Papst zu besuchen. Ich glaube, dass dieser Rosenkranz mich beim Überqueren des Po´s beschützt hat.

Mit den uns verbleibenden Kleidungsstücken bekleidet machten wir uns am anderen Ufer weiter auf den Weg. Nach etwa einer Stunde erreichten wir endlich eine kleine Ortschaft. Aus irgend-einem Grund schien das ganze Dorf auf den Beinen zu sein. Halbnackt konnte ich im Ort nicht auftauchen und somit zog mein Freund seine noch nasse Hose an und ging alleine weiter. Nach etwa einer halben Stunde kam er mit einer Schlafanzughose zurück. Auch wenn wir einen seltsamen Eindruck hinterließen, so konnten wir uns dennoch bei den Italienern sehen lassen.

Die Dorfbewohner waren sehr freundlich zu uns und versorgten uns mit Kaffee und Weißbrot.

Nachdem meine Uniformjacke wieder trocken war, brachte mir ein netter Herr eine Hose. Noch heute bin ich den hilfsbereiten Italienern dafür dankbar.

Und so marschierten wir frohen Mutes weiter in Richtung Gardasee. Am nächsten Tag, gegen sechzehn Uhr, erreichten wir zu Fuß, stellenweise aber auch per Anhalter, unser Ziel. Dort trafen wir auf die anderen Kameraden. Ein paar Tage später wurden wir auf einen 2.126 Meter hohen Berg bei Meran versetzt.

Eine Woche später war für uns der Krieg südlich von Bozen zu Ende. Am 2. Mai 1945 kapitulierten die deutschen Einheiten in Italien.

Kriegsgefangenschaft in Italien

Als ich klein war, erzählte mir mein Vater oft von der Zeit im zweiten Weltkrieg. Er war erst 17 Jahre alt, als er sich 1941 freiwillig zum Kriegsdienst meldete. Unverständlich damals für seine Freunde, rückblickend sein großes Glück. Er wurde Funker, war nie direkt an der Front und musste nie auf einen Menschen schießen.

Er meldete sich ein zweites Mal freiwillig und wieder rettete dies wahrscheinlich sein Leben. Nachdem er zwei Jahre in der Ukraine war, brach seine Einheit Richtung Afrika auf. 1943 er-reichten sie Rom. Afrika war bereits Geschichte.

Er erzählte mir viel von Rom ohne zu ahnen, dass ich ebenfalls einmal für zwei Jahre dort leben würde. Von seinen Erzählungen kannte ich es ja schon, *Monte Mario, Via Veneto und Fontana di Trevi*.

Zwei Jahre blieb er in Rom, dann war der Krieg endlich zu Ende. Wieder einmal hatte er Glück. Er kam in amerikanische Gefangenschaft nach Livorno.

Von dieser Zeit erfuhr ich fast nur Gutes, obwohl er die besten Jahre seines Lebens im Krieg und in der Gefangenschaft verlebt hatte.

Die Amerikaner waren wohl sehr human. In den Sommermonaten wurden die Gefangenen an den Sonntagen ans Meer gefahren und durften dort ein paar unbeschwerte Stunden verbringen. Da blieb es auch nicht aus, dass sie Kontakt zu den Einheimischen hatten. Bis an sein Lebensende konnte mein Vater ein bisschen Italienisch sprechen.

Regelmäßig wurden auch Sportveranstaltungen im Lager organisiert. Eines fand am 15. September 1946 im „Yankee Stadion" in Livorno statt. Sie nannten es Kriegsgefangenen-Sportfest.

Um den deutschen Soldaten die Gefangenschaft erträglicher zu machen, bekam mein Vater die Genehmigung, gemeinsam mit ein paar Kameraden, ein

Kaffeehaus im Lager zu bauen. Dieses wurde ein beliebter Treffpunkt, nicht nur für die Gefangenen.

Auf einem Bauernhof aufgewachsen, liebte mein Vater Tiere über alles. So ist es nicht verwunderlich, dass er sich eines streunenden Hundes annahm. Auch hier bekam er die Erlaubnis den kleinen wuscheligen Hund bei ihm leben zu lassen.

Was die Amerikaner nicht wussten: Das Fell des Tieres eignete sich hervorragend für kleine Schmuggelgeschäfte und amerikanische Zigaretten wurden so gegen andere Gebrauchsgegenstände getauscht. Am Ende hatte mein Vater soviel Geld zusammen, dass er sich einen feinen Anzug von einem italienischen Schneider machen ließ. Für den Rest kaufte er zwei schöne goldene Eheringe. Man konnte ja nie wissen! Acht Jahre später heiratete er meine Mutter, die noch immer diesen Ring trägt.

Als mein Vater 1947 aus der Gefangenschaft entlassen wurde und nach Hause durfte, musste er unauffällig seine „Schätze" nach Deutschland schmuggeln. Ausgerechnet zu dieser Zeit war es sehr heiß, aber tapfer ertrug mein Vater die Heimreise mit dem feinen Anzug unter der Kleidung. Oft erzählte er mir, wie elend es ihm dabei erging, als er vom Bahnhof den weiten Weg zu Fuß meisterte.

Auch nach vielen Jahren sprach mein Vater immer wieder über sein Glück, welches er doch gehabt hatte. Selbst in den schweren Jahren nach Kriegsende, erging es ihm wesentlich besser, als vielen anderen in der Heimat.

Spaghetti all`aglio ed olio

Heute für viele kaum vorstellbar, habe ich das Meer das erste Mal in meinem Leben mit 19 Jahren gesehen.

Mein Bruder, sein Freund, dessen Freundin und ich hatten die Idee, die damals noch fünftägigen Herbstferien ein bisschen zu verlängern und für eine Woche auf die Insel Elba zu fahren.

Schnell bepackten wir den VW Käfer mit Zelt und Gepäck und fuhren bei grauem Herbstwetter über den Brenner.

Bei unserer Ankunft in *Livorno* regnete es. Dies hielt mich aber nicht davon ab, an den Hafen zu rennen. Endlich war auch ich am Meer angekommen. Mir war es vollkommen egal, dass das Wasser an dieser Stelle nicht so berauschend war. Meer war Meer. Vor Glück sprang ich am Ufer auf und ab. Beobachter glaubten wahrscheinlich, ich sei total verrückt. Aber das war mir in diesem Augenblick völlig egal.

Nach einer Weile konnten wir dann endlich auf die Fähre. Unser Abenteuer begann! Ein festes Ziel hatten wir nicht; wir wollten unsere Zelte dort aufschlagen, wo es uns gefiel. Wir wurden schnell fündig. In der Nähe von *Capoliveri*, einem netten Ort in den Hügeln, fanden wir eine schöne Wiese an den Klippen mit Blick aufs Meer.

Ende Oktober, Anfang November war es auch hier nicht mehr allzu warm. Das hielt uns aber nicht von einem erfrischenden Bad in den Fluten ab. Außerdem war es ja die einzige Möglichkeit sich frisch zu machen.

Wir verlebten lustige Tage und niemand vertrieb uns aus unserem Paradies. Einmal hatten wir Besuch von der Dorfpolizei. Die befand es jedoch auch nicht für nötig uns zu vertreiben. Um diese Jahreszeit gab es kaum noch Tourismus und damals, Ende der siebziger Jahre, war die Insel sowieso nicht so überlaufen. Man freute sich also tatsächlich noch über Fremde.

Ein paar Tage später machten wir einen Bummel auf der *Piazza* in *Capoliveri*. Und obwohl es Anfang

November auch hier schon recht kühl war, schien der ganze Ort auf den Beinen zu sein.

Ich war schon damals von der Lebensart der Italiener fasziniert. Dieses stundenlange Flanieren über die *Piazza* und die gestenreichen Gespräche zwischen alt und jung. Kinder werden nicht als lästig empfunden und noch vor der „Tagesschau" ins Bett gebracht, sondern in den Tagesablauf, aber auch in das Abendgeschehen mit eingebunden. Selbst während der Schulzeit rennen und spielen sie noch zu später Stunde auf der *Piazza* oder dem nahen Spielplatz. Ältere Leute werden sichtbar geachtet. Ihre Lebenserfahrungen sind unbezahlbar. Jeder Italiener weiß, gerade bei Arbeitslosigkeit, finanziellen Engpässen oder gesundheitlichen Beschwerden, geht nichts ohne die Hilfe der Familie oder Freunden. Das drückt sich oft so aus: Den Wein hat Onkel Giorgio selber produziert, die eingemachten Tomaten sind von Oma Adelina, das Auto repariert kostengünstig der Schwager vom Cousin Mario und die neue Arbeitsstelle ... ich sag nur: „Vitamin B".

An diesem Abend auf der *Piazza,* mit herrlichem Blick auf das Meer, lernten wir ein paar junge Leute kennen. Trotz offensichtlicher Sprachschwierigkeiten verstanden wir uns so gut, dass wir auf eine Party für den nächsten Abend eingeladen wurden. Wir nahmen dankend an. Die Spannung wuchs in mir. Was erwartete uns auf diesem Fest? Keiner von uns sprach Italienisch!

Meine Vorbehalte waren allerdings unbegründet. Es wurde eine lustige Party und wir Ausländer waren der Mittelpunkt der Gesellschaft. Mit einigen Brocken Englisch und Händen und Füßen verständigten wir uns. Um Mitternacht gab es dann *Spaghetti all'aglio ed olio.* Da es nicht genug Geschirr gab, aß man direkt mit den Fingern aus den Schüsseln.

Die Party war in vollem Gang, als plötzlich ein junger Kerl an mir herum zupfte. Ich verstand aber nicht, was er von mir wollte. Irgendwann war ich dann so genervt, dass ich das Weite suchte. Ich traf auf meinen Bruder und erzählte ihm von der merkwürdigen Situation. Er grinste über beide Ohren und meinte nur trocken: „Ach der! Ich habe Dich gerade für 10.000 Lire an ihn verkauft!"

Schneekettenpflicht

Denkt man an Italien, denkt man an Sonne und Meer, Meer und Sonne. Selbst in Zeiten des Klimawandels glauben noch viele Touristen, dass in Italien 12 Monate lang, 18 Stunden am Tag die Sonne scheint und sind entsetzt über Regen. Einige brechen dann oft ihren Urlaub ab. Dabei gab es natürlich auch in Italien schon immer Regen und Schnee. Kein Wunder, besticht dieses schöne Land nicht nur durch lange Sandstrände und flache Flussebenen. Vielmehr wird Italien von zwei großen Bergketten durchzogen, einmal quer von den *Dolomiten* und einmal längs durch den *Apennin*. Und so ist es nicht verwunderlich, wenn auch noch in Sizilien Skigebiete anzutreffen sind.

In den letzten Jahren schneit es gerade in Süditalien heftiger. Darunter leidet die Bevölkerung, denn auf diese Schneemassen sind sie nicht eingestellt. In alten Häusern gibt es nach wie vor oft noch keine Heizung, sondern nur einen Kamin. Und so wohnen gerade ältere Leute in den Wintermonaten häufig bei ihren Kindern, die meist moderne Wohnungen mit Heizungsanlagen haben. Auch stürzen immer mehr die Dächer durch die Schneelast ein.

Einen besonders schneereichen Winter erlebten die Römer im Februar 1986. Ich lebte damals als Au-Pair-Mädchen in einem Dorf zwanzig Kilometer nördlich von Rom. Abends hatte ich mich noch mit meinen Freunden getroffen und ging bei sternenklarer Nacht zu Bett. Umso erstaunter war ich am nächsten Morgen. Kindergeschrei weckte mich zeitig und ein Blick aus dem Fenster verriet mir auch den Grund dafür. Über Nacht hatte es geschneit. Und zwar nicht wenig. Etwa 30 cm Neuschnee bedeckten die Wiesen und Bäume und ich, die mit Schnee nie viel anfangen konnte, musste zugeben, das der Anblick berauschend schön war.

Das Beste sollte ich an diesem Tag noch erleben. Römer und Schnee – eine einmalige Kombination. In Rom schneite es früher nur circa alle 10 bis 15 Jahre.

Und darum gab es hier keine Schneeräummaschinen. Es lohnte sich einfach nicht. Die Folge: Schulfrei! Nur die allerwenigsten gingen zur Arbeit. Die Straßen wurden nicht geräumt, ein wunderschöner Anblick.

Kurze Zeit später war es dann soweit. Das ganze Dorf war unterwegs. Alle waren dick eingepackt und jeder Italiener, es schien jedenfalls so, konnte Ski fahren und hatte natürlich die neueste Skibekleidung zu Hause. Picknickkörbe wurden gepackt, die Kinder auf die Schlitten gesetzt und dann ging es los. Wie auf einem Jahrmarkt wurde, gelacht und geratscht, Schnellbälle flogen durch die Luft und dicke Schneemänner säumten die Straßenränder. Erst wenn man komplett durchgefroren war ging es wieder nach Hause. All diese Freude war ansteckend und es war das erste und letzte Mal, das mich der Anblick von Schnee so glücklich gemacht hat.

Am nächsten Morgen hatte es wieder geschneit und ich war, so schien es, die einzige Autofahrerin. Kein Wunder, war ich das Fahren auf Schnee gewöhnt und außerdem waren an meinem Fahrzeug Ganzjahresreifen montiert.

Am dritten Tag war dann alles vorbei. Nichts erinnerte mehr an diese wunderbare Zeit und missmutig gingen die Kinder wieder zur Schule.

Ein paar Jahre später. Mein Mann Jörg, unser Sohn und ich fuhren im März 1996 in die Toskana. Jörg wollte schon die Sommerreifen montieren, aber ich hinderte ihn daran, weil wir über die Alpen fahren mussten. Unterwegs, am Brenner angekommen, stellten wir fest, dass dieser schneefrei war. Mein Mann grinste frech. Aber das Lachen sollte ihm noch vergehen.

Nach einem kurzen Aufenthalt in Verona ging es über Bologna weiter Richtung Florenz. In Bologna war noch ein schöner Frühlingstag bei 14 Grad. Über der Autobahn blinkten Schilder und während ich übersetzte „Schneekettenpflicht" dachte ich mir noch: Die spinnen die Italiener. Und so setzten wir unsere Fahrt fröhlich lachend fort. Aber die Überraschung kam plötzlich und unerwartet. Es schneite dicke Flocken und in kürzester Zeit war alles weiß. Wir hatten den Eindruck, als wären wir die einzigen Autofahrer weit und breit. Das Schneetreiben wurde immer heftiger. Mir wurde Angst und Bang. Besorgt schaute ich zu meinem Mann und fragte ihn, ob es nicht besser wäre, die nächste Ausfahrt zu nehmen. Aber welche Alternative hätten wir gehabt? Mittlerweile waren wir auf dem *Apennin* und jede Ausfahrt führte uns hinab in irgendein Tal. Wenn die Autobahn schon vollkommen verschneit war, wie sahen dann erst die Nebenstraßen aus? Also beschlossen wir weiter zu fahren. Im Schneckentempo ging es langsam voran, als wir zwei Schneeräumfahrzeuge vor uns auf der Autobahn entdeckten. Wir fuhren hinter ihnen her, bis es langsam wieder bergab ging und die Räumfahrzeuge die Autobahn verließen.

Die nächsten Schilder über der Autobahn meldeten, unglaublich aber wahr: „*Firenze 14 gradi*". Und so fuhren wir entspannt weiter bis nach *Siena* und erholten uns bei angenehmen Temperaturen und einem leckeren *caffè* auf einer mittelalterlichen *Piazza*.

Ramba Zamba nach Mitternacht

Wir saßen bei den ersten warmen Sonnenstrahlen auf einer kleinen *Piazza* in *Siena* und genossen die Ruhe bei einem *caffè*. Das emsige Treiben auf der *Piazza del Campo* und in den touristisch häufiger besuchten Ecken hatten wir hinter uns gelassen. Nach dem langen schneereichen Winter in Oberbayern sehnte sich jede Faser unserer Körper nach Wärme.

Siena im Frühling, hier wollten wir ein paar ruhige Tage verbringen. Wir hatten ein nettes Hotel gefunden; es lag etwas außerhalb der Altstadt und war trotzdem zu Fuß gut erreichbar. Obwohl *Siena* im Vergleich zu *Firenze* nicht sehr groß ist, gibt es unheimlich viel zu entdecken. In den Straßen, die um die *Piazza del Campo* kreisförmig verlaufen, kann man sich verirren. Und doch ist der Reiz, immer etwas Neues zu entdecken, enorm groß. Irgendwann erreicht man auch den berühmten Dom, der außen und innen komplett aus schwarz-weißem Marmor gebaut wurde. Dieser eigenwillige Baustil zieht jeden in seinen Bann.

Um diese Jahreszeit gehört Siena noch den Einwohnern, die großteils aus jungen Leuten bestehen, die hier studieren.

Abends fanden wir eine kleine versteckte *Trattoria*. Wir warteten erst einmal kurz ab und beobachteten wer eintrat. Als vorwiegend Italiener das Lokal besuchten, entschlossen wir uns auch dort Essen zu gehen. Und wir wurden nicht enttäuscht. Nach den vorzüglichen Speisen und Getränken - wir waren satt - wurde die angenehme leichte Müdigkeit mit einem sehr leckeren *caffè* bekämpft. Dann ging es weiter. So wie die Italiener, wollten auch wir noch ein wenig „*bella figura*" machen. Jeder Italienfan kennt das: Nach dem Abendessen, das in südlichen Ländern zwischen 19 und 20 Uhr beginnt, wird auf der Promenade oder der Piazza auf und ab geschritten. Sehen und gesehen werden! Dafür hat man sich ja schließlich auch noch mal in Schale geworfen.

Gegen Mitternacht traten wir dann den Heimweg zum Hotel an, als wir auf eine johlende Schar junger Menschen trafen. Wir rätselten, wohin es diese Gruppe um diese Uhrzeit noch treibt. Wir wussten ja nicht, dass sich unsere Wege noch mal kreuzen würden.

Im Hotel angekommen, gingen wir leise die Treppe zu unserem Zimmer hinauf und schliefen sofort ein.

Aufgewacht durch einen Knall, ausgelöst von einer zufallenden Tür, stand ich senkrecht im Bett. Auch mein Mann blinzelte mich verwundert an: „Was war das?" fragte er mich. Kopfschüttelnd legte ich mich wieder hin und versuchte wieder einzuschlafen. Doch weit gefehlt. Das war nur der Auftakt zu einer abenteuerlichen Nacht. Lautes Geschrei auf dem Flur ließ uns nicht mehr einschlafen. Im Nebenzimmer hörte ich das Rauschen von einlassendem Badewasser und eine laute Stimme rief auf dem Flur: „*Salvatore, dai, vieni da noi!*" Was soviel heißt wie: „Salvatore, komm zu uns!" Wieder Türknallen.

Ein Blick auf die Uhr sagte mir, dass es erst zwei Uhr war. Mein Mann und ich lagen im Bett und warteten, dass es wieder ruhiger wird. Aber dem war leider nicht so. Mittlerweile rückte der Zeiger auf die drei vor und wir überlegten, was wir tun könnten. Erst einmal stärken: Wir hatten noch einen kleinen Rest von dem herrlichen *Prosciutto di Parma*. Und den leckeren Rotwein konnten wir auch trinken. Da wir keinen Korkenzieher hatten benutzte mein Mann eine Schraube, die er im Zimmer gefunden hatte um die Flasche mühsam zu öffnen! So saßen wir dann gemütlich im Bett und machten aus der Not eine Tugend. Leicht bedudelt kam die Müdigkeit zurück. Aber an Schlafen konnten wir noch immer nicht denken. Die Party war nach wir vor in vollem Gange.

So nun reichte es, mittlerweile war es vier Uhr und vom Alkohol ein wenig mutiger geworden, zog ich mich an und ging nach unten an die Rezeption zum Nachtportier.

Dort angekommen standen schon etliche erboste Gäste und diskutierten mit diesem. Er versuchte uns zu beschwichtigen und erklärte, dass es ihm sehr leid täte, dass wir solche Unannehmlichkeiten hätten. Auch ich machte meiner Wut Luft und erklärte dem total überforderten Mann, dass ich unter diesen Umständen nicht den geforderten Preis zahlen würde. Das sah er auch ein und auf meine Frage, ob dies jetzt jede Nacht so weiter gehe, erwiderte er, dass die Schulklasse noch zwei Tage im Hotel bliebe!

Im Zimmer zurück teilte ich die Informationen meinem Mann mit und wir waren uns einig: Unter diesen Umständen würden wir nicht länger bleiben.

Am nächsten Morgen standen wir mit gepackten Koffern an der Rezeption. Dort wusste man von nichts. Aber ich beharrte darauf, dass wir nur die Hälfte für die Übernachtung zahlen und das wir keinen Tag länger bleiben würden. Da wir nicht die einzigen erbosten Gäste waren, gab es auch keine unnötigen Diskussionen. Wir bezahlten und gingen erstmal in die Altstadt.

Bei strahlendem Sonnenschein und einem Cappuccino überlegten wir, was wir jetzt tun sollten. Da kam mir plötzlich eine Idee. Hatte mir nicht unsere Freundin Marinella von einem schnuckeligen ruhigen Hotel in einem kleinen Dorf südlich von *Siena* erzählt. Ich rief sie gleich an und sie gab mir die Telefonnummer. Ein weiterer Anruf bei besagtem Hotel. Eine nette Dame hieß mich willkommen, teilte mir aber mit, dass Teile des Hotels derzeit renoviert würden. Sie würde uns aber ein ruhiges Zimmer auf der anderen Seite geben. Wir überlegten kurz und ließen uns darauf ein und haben es nicht bereut.

Das Hotel lag an einer alten mittelalterlichen heißen Therme, umgeben von wenigen Häusern und in einer typischen toskanischen Landschaft eingebettet. Trotz des Umbaus wurden wir vom Baulärm verschont. Und die netten Gastgeber, die uns nützliche Tipps für die kommenden Tage gaben, begeisterten uns sehr.

Mittlerweile waren wir überzeugt, dass die unangenehme Begegnung mit der italienischen Schulklasse ein Glücksfall war. Und wie immer, merkt man erst hinterher, für was manche Dinge doch gut sind.

Orvieto – unfreiwilliger Ausstieg

Sechs Wochen Italien, sechs Wochen Zeit um von Norditalien nach Süditalien zu reisen – alleine.

Mal das tun, wozu ich Lust hatte, ohne Rücksicht auf andere Interessen. Und endlich mal alte Freunde besuchen.

Meine Reise begann in *Udine*. Dort besuchte ich meine Freundin, Gabriella. Ich habe sie durch gemeinsame Freunde in München kennen gelernt; sie verbrachte ein paar Monate in Deutschland um Ihre Deutschkenntnisse zu verbessern. Wir besichtigten nicht nur ihre Heimatstadt, sondern auch *Gorizia*, *Trieste* und machten einen Abstecher nach *Istrien*, damals noch Jugoslawien.

Die Tage vergingen viel zu schnell und so nahm ich den Zug nach *Milano*. Nicht ohne einen Abstecher nach *Venezia* zu machen.

In *Milano* holten mich meine drei italienischen Freundinnen Marinella, Elena und Giulia vom Bahnhof ab. Ich hatte eine schöne Zeit am *Lago Maggiore*, in *Varese*, *Galarate* und vielen anderen Orten. Ein Ausflug führte uns auch zu den *Cinque Terre* in Ligurien.

Dann trieb es mich weiter nach *Firenze*. In *Impruneta* wohnte ein deutscher Freund eines Freundes, der mich bei sich wohnen ließ. Er unterrichtete in *Firenze* und lebte mitten in der wunderschönen Toskana. Dieses Haus, mit den Zypressen und dem herrlichen Blick über die hügelige Landschaft, nahmen mich gefangen und dies wäre fast ein Grund gewesen, meine Reise abzubrechen und für immer hier zu bleiben. Mein freundlicher Gastgeber war zwar sehr sympathisch, aber leider habe ich mich nicht in ihn verliebt und so zog es mich weiter nach *Siena*. Dort fand ich ein zentral gelegenes und günstiges Hotel und ich genoss diese mittelalterliche und doch junge, lebendige Stadt.

Von *Siena* ging es weiter nach *Perugia*. Ich schlief nur eine Nacht in einer Jugendherberge, da ich durch Zufall eine nette deutsche Sprachstudentin traf, die mich zu sich nach Hause einlud. Von *Perugia* aus, machte ich kleine Tagestouren nach *Assisi*, *Gubbio* und an den *Lago Trasimeno*. Auch hier ließ ich mich treiben. Zwischen „Sightseeing" und Wanderungen blieb immer genug Zeit, um in einem Park zu liegen und zu lesen oder einfach nur zum Träumen.

Mein letzter Halt sollte *Roma* sein, wo ich Monika, eine alte Klassenkameradin meiner Schwester und mittlerweile eine gute Freundin, besuchen wollte. Vorher machte ich aber noch im mittelalterlichen *Orvieto* halt.

Dort passierte mir folgende Geschichte. Die ganze Reise, auf der ich viel alleine war und viele nette Menschen kennen gelernt habe, gab es nie eine brenzlige Situation. Selbst in *Siena*, als ich mit einem netten Mann abends einen Wein trinken ging, kam es zu keiner gefährlichen oder zweideutigen Situation.

Orvieto, eine sehenswerte alte Etruskerstadt, hielt mich den ganzen Tag auf Trab. Unter anderem sah ich mir den weit außerhalb der Stadt gelegenen alten Brunnen *Il pozzo di San Patrizio* an, bevor es einige Kilometer steil bergauf in die Altstadt von *Orvieto* ging. Es war ein sehr heißer Maitag und so beschloss ich, auf den Bus zu warten. Ich setzte mich in den Schatten einer Baumgruppe und wartete. Aber ein Bus war weit und breit nicht zu sehen.

Nach einiger Zeit hielt ein *Ape* an, das ist das allseits bekannte dreirädrige Fahrzeug, dass in Italien vor allem in der Landwirtschaft benutzt wird. Ein sehr alter Mann schaute zum Beifahrerfenster hinaus und fragte mich, wo ich denn hin wolle. Als ich ihm erklärte, dass ich auf den Bus warte, erwiderte er, dass dieser erst in Stunden käme. Aber er könnte mich mitnehmen, er müsse sowieso nach *Orvieto* fahren.

Ich überlegte nicht lange und stieg ein. Wir unterhielten uns über Allgemeines bis mich der alte Mann plötzlich fragte, ob ich alleine in Italien sei. Da wurde ich hellhörig und log ihn an, dass mein Freund in *Orvieto* auf mich warte; er hätte keine Lust gehabt mit zu dem Brunnen zu gehen.

So ganz schien er mir das nicht abzunehmen, denn nach einer Weile spürte ich plötzlich seine Hand auf meinem Schenkel. Mir wurde warm und kalt zugleich, mir gingen tausend Geschichten durch den Kopf und fieberhaft überlegte ich, wie ich aus dieser Situation herauskäme. Ich schüttelte die Hand ab und der fast zahnlose Mann faselte was von *amore*. Das konnte doch alles nicht wahr sein! War man denn nicht mal vor Greisen sicher?

Meine Gedanken kreisten nur um das eine: Wie kam ich aus dieser Situation wieder ungeschoren heraus. Alle Erzählungen, die man so gehört und gelesen hat, fielen mir wieder ein. Okay, neben mir saß ein sehr alter Mann, aber man konnte nie wissen. Und wieder lagen seine knittrigen Finger wieder auf meinem Bein.

Plötzlich zog er aber seine Hand weg und ich sah aus dem Augenwinkel den Grund dafür: Wir fuhren auf eine sehr enge Kurve zu. Darin sah ich meine Chance. Als der *Ape* relativ langsam fuhr, öffnete ich die Tür und ließ mich einfach in die Wiese fallen.

Ich glaube, der Alte ist darüber sehr erschrocken, denn damit hatte er wohl nicht gerechnet. Er hielt noch nicht einmal an, um sich zu vergewissern, dass mir nichts passiert war, sondern gab einfach nur Gas und fuhr so schnell wie möglich davon.

Da lag ich nun in der Wiese und überprüfte, ob ich irgend-welche Verletzungen davon getragen hatte. Außer einer kleinen Schramme am Ellenbogen war alles heil geblieben. So saß ich noch eine Weile im Gras, lachte und weinte zeitgleich und war einfach nur glücklich.

Verfolgungsfahrt auf der Autobahn

Kaum zu glauben, nun lebte ich schon einen Monat in meiner Wahlheimat Rom. Eben noch hatte ich einen schönen Abend mit meinen römischen Freunden erlebt, die mich wegen meiner noch mangelnden Stadtkenntnisse bis zu meinem im Norden der Stadt abgestellten Fahrzeug begleitet hatten. Nun saß ich in Gedanken versunken in meinem kleinen Fiat 126, wegen seiner Größe auch *Bambino* genannt.

An einer roten Ampel stehend, sah ich in das neben mir wartende Auto. Darin saß ein unsympathisch aussehender Kerl, der mich frech angrinste. Schnell blickte ich weg. Beim losfahren bemerkte ich jedoch, dass der Typ sich hinter meinem *Bambino* einfädelte. Dabei fielen mir die gelben Scheinwerfer auf, die ich eigentlich nur von französischen Fahrzeugen kannte.

Noch ahnte ich nicht, wie aufregend die nächsten Stunden vergehen sollten.

Umso näher ich an die Stadtgrenze Roms kam, desto nervöser wurde ich, denn noch immer fuhren die auffälligen gelben Lichter hinter mir her. Vor Aufregung verfuhr ich mich und bog zu früh ab. Spätestens da wurde mir klar, dass ich verfolgt wurde. Trotz meines Malheurs hatte ich den Mann nicht abgehängt.

Ich redete mir ein, dass er mir bestimmt nicht mehr folgen würde, wenn ich auf der „*Via Cassia bis*", einer Schnellstraße im Norden Roms, sei. Trotzdem wurde ich unruhig und blickte ständig in den Rückspiegel. Verdammt, es war schon sehr spät und langsam lichtete sich der Verkehr.

Vor lauter Nervosität nahm ich erneut eine falsche Abfahrt und merkte erst zu spät, dass ich auf dem Zubringer der Autobahn Richtung Florenz fuhr. Ich stoppte mein Auto und überlegt kurz, was ich tun soll. Im Spiegel sah ich, dass mich mein Verfolger überholte und quer vor meinem Fiat stehen blieb, so dass ich nicht mehr weiterfahren konnte. Als er dann noch aus dem Auto stieg, blieb mir fast mein Herz stehen, aber instinktiv legte ich den Rückwärtsgang rein und fuhr über eine Wiese um anschließend wenden zu können. Mit rasendem Herzschlag raste ich den Zubringer zurück, ohne darüber nachzudenken, dass mir ein Auto entgegen kommen könnte. Nach wenigen Metern entdeckte ich die richtige Auffahrt, die mich in mein Dorf bringen sollte.

Noch glaubte ich, diese Schreckgestalt abgehängt zu haben. Aber weit gefehlt. Schon nach wenigen Augenblicken sah ich hinter mir wieder die gelben Scheinwerfer. Fieberhaft überlegte ich. Was sollte ich tun? Wo konnte ich nur hinfahren?

In der Zwischenzeit fuhr ich weiter auf der Schnellstraße. Und während ich nachdachte, sah ich, wie mich dieses in meinen Augen widerliche Individuum überholte. Sein fieses Grinsen ließ mir das Blut in den Adern gefrieren. Erneut drängte er sich mit sich mit seinem Auto vor meinen Fiat und bremste ab. Mit der Höchstgeschwindigkeit des *Bambino* - 80 km/h - versuchte ich ihn wieder zu überholen, was mir auch gelang, weil er betont langsam fuhr. Dieses Spiel wiederholte sich ein einige Male und bereitete ihm sichtliches Vergnügen. Mittlerweile schienen wir die Einzigen auf dieser Straße zu sein.

Plötzlich, als wir über eine lange Brücke fuhren, sah ich ihn wieder neben mir. Er drängte mich mit seinem Fahrzeug zur Seite; immer näher an den Abgrund. Der Blick nach rechts ließ mich erschauern und das nicht nur wegen meiner Höhenangst. Ein Blick zur anderen Seite und ich sah sein höhnisches Grinsen. Da gab es nur eins. Blitzschnell trat ich auf die Bremse während ich zeitgleich fieberhaft überlegte, was ich nun tun sollte. Es gab nur eine Möglichkeit: In „mein Dorf" und zur dort ansässigen Polizeidienststelle fahren. Blieb nur zu hoffen, dass diese auch besetzt war.

Mein Verfolger klebte immer noch an mir, als ich die dunkle und augenscheinlich verschlossene Dienststelle erreichte. Mittlerweile schliefen wohl schon alle Dorfbewohner und anscheinend auch die Polizei. Welch ein Schock! Was nun? Nach Hause fahren? Aber dann wüsste dieses Monster sogar wo ich wohne. Außerdem hätte ich niemals genug Zeit um ins Haus zu entkommen, weil der große, eingezäunte Garten von einem massiven Eisentor verschlossen ist.

Fieberhaft suchte ich nach einer anderen Lösung. Das alles spielte sich in einer Zehntelsekunde ab. Spontan sah ich nur einen Ausweg: Ich musste zur *Piazza* fahren! Wenn ich viel Glück hatte, waren dort noch die letzten Nachtschwärmer unterwegs. Es gab nur einen Knackpunkt. Wenn dort niemand mehr war der mir helfen konnte, saß ich in der Falle, denn diese *Piazza* lag in einer Sackgasse.

Trotzdem wagte ich diesen Versuch, denn eine andere Möglichkeit fand ich in der Schnelle nicht. Ich fuhr durch den Stadtbogen auf die *Piazza*. Oh Gott! Keine Menschenseele weit und breit. Im Augenwinkel sah ich schon wieder die gelben Lichter auf mich zukommen. Er stellte sein Auto genau vor das alte Tor, das zum Platz führte und versperrte so die einzige Ausfahrt! Lässig grinsend stieg er aus. Mit einem widerlichen Gesichtsausdruck kam er betont langsam auf mich zu. Instinktiv verschloss ich die Türen von innen, als er auch schon daran rüttelte. Ich schrie: „*Vattene via.*" Hau ab!!! Aber das beeindruckte ihn wenig.

In letzter Sekunde kam mir die rettende Idee. Wild drückte ich auf meine Autohupe und wie zu erwarten, gingen nach wenigen Minuten die ersten Lichter an. Kurz darauf öffneten sich die ersten Fenster, als sich der miese Typ fluchend in sein Fahrzeug verkrümelte und schnell abhaute.

Mir war der Schreck so in den Glieder geschossen, dass ich unfähig war irgendetwas zu tun. So blieb ich noch eine ganze Weile in meinem Auto sitzen, beobachtete, wie die verärgerten Bewohner kopf-schüttelnd die Fenster schlossen und fuhr erst dann nach Hause; immer mit dem Blick in den Rückspiegel, ob ich gelbe Lichter sehe.

Gastfreundschaft

Was wir an den Südländern besonders schätzen ist deren Gastfreundschaft.

Ich bin zwar in einer deutschen Familie aufgewachsen, aber auch bei uns wurde die Gastfreundschaft groß geschrieben. Seit ich mich erinnern kann, hatten wir Kinderscharen, durchreisende Verwandte oder Freunde zu Besuch. Ein leeres Haus gab es bei uns nie. Stand ein Bettler vor der Tür, wurde er von meiner Mutter hereingebeten und bekam eine Suppe. Wollten Verwandte einen Zwischenstopp auf der Fahrt nach Italien machen, hielten sie bei uns an. Wir wohnten südlich von München, also genial gelegen. Nahte sich das Oktoberfest, platzte unser Haus aus allen Nähten. Kamen meine Geschwister oder ich aus dem Urlaub zurück, hatten wir fleißig unsere Adresse an Urlaubsbekanntschaften verteilt und so kam es nicht selten vor, dass der eine oder andere plötzlich vor der Türe stand. Auch diese Überraschungsgäste ließen meine Eltern bei uns übernachten.

Als ich in Amerika war, gab uns ein Pärchen aus Neuseeland einen guten Tipp: „Wenn ihr in New York seit, ruft Tony an, ein Exilkubaner. Der freut sich über jeden, der bei ihm übernachtet, denn dann hat er auch wieder einen Anlaufpunkt bei seinen Reisen." Da unser Geld nach einer sechswöchigen Rundreise in Amerika tatsächlich langsam knapp wurde, riefen wir ihn an. Wir wurden nicht nur fünf Tage verköstigt, sondern bekamen außerdem die schönsten Ecken von New York präsentiert. Tony kam dann tatsächlich ein Jahr später mit seiner Tochter nach Deutschland. Meine Eltern waren ganz begeistert von den beiden und wir zeigten ihnen die Schönheiten Bayerns.

Und so genoss ich auch die Großzügigkeit und Freundlichkeit der Italiener. Egal ob ich an einer Autobahnraststätte von fremden italienischen Familien zum Picknick eingeladen wurde oder von italienischen Freunden mit allen Köstlichkeiten der Region sowie deren Kochkünsten verwöhnt wurde; ich war jedes Mal aufs Neue positiv überrascht.

Ein besonderes Erlebnis hatten mein Mann, unser Sohn und ich in einer kleinen toskanischen Pizzeria, abseits des Tourismus. Schon beim ersten Mal, bei dem wir für italienische Verhältnisse viel zu früh kamen, nämlich um achtzehn Uhr und daher die einzigen Gäste waren, wurden wir sehr freundlich begrüßt. Wir hatten ein kleines Schwätzchen mit dem Besitzer und Pizzabäcker, der noch ein paar Brocken Deutsch von seinem kurzen Aufenthalt in Deutschland konnte. Die Freundlichkeit und die aus unserer Sicht beste Pizza Italiens bewegten uns zu einem weiteren Besuch. Diesmal kamen wir aber später und das Lokal war bereits voller fröhlich plaudernder Italiener. Als uns der Besitzer eintreten sah, kam er sofort auf uns zu und begrüßte uns wie alte Freunde. Schnell wies der Besitzer uns den letzten verbliebenen Tisch im Lokal zu. An einem Nebentisch feierte ein sehr alter Mann im Kreise seiner großen Familie seinen 90. Geburtstag. Unerwartet bat uns der Wirt zu dieser Gesellschaft dazu. Etwas zögernd näherten wir uns den Feiernden und wurden herzlich aufgenommen. Wir hatten noch viel Spaß an diesem Abend in dieser fröhlichen und typischen italienischen Familienrunde.

Bei meinem zweijährigen Aufenthalt in Italien, kam ich auf meinen Erkundungstouren rund um Rom auch nach *Ronciglione*. Das ist eine Stadt etwa 60 Kilometer nördlich von Rom. Ich wollte sie mir schon immer einmal ansehen. Vor allem, weil im zweiten Weltkrieg mein Vater und ein weiterer Soldat als Einzige einen Bombenanschlag in genau dieser Stadt überlebt hatten.

Ronciglione ist eine schöne, alte Stadt und ich fand es einfach mal wieder toll, nur so zu bummeln, die blühenden Blumen zu riechen und mich in den kleinen Gassen zu verlaufen.

In so einer Gasse traf ich auf ein etwa zwölfjähriges Mädchen. Wir unterhielten uns und waren uns auf Anhieb sympathisch. Spontan lud sie mich zu sich nach Hause ein. Diese Einladung kam auch für mich überraschend, so dass ich zögerte. Aber es half nichts, sie bestand darauf und ich musste mit ihr gehen. Ihre Eltern waren genauso offen und freundlich. Sie überredeten mich zum Abendessen zu bleiben.

Es wurde ein wunderschöner Abend, schon lange hatte ich nicht mehr soviel gelacht. Der Vater, ein lebhafter und sympathischer Mann, erinnerte mich nicht nur äußerlich an Adriano Celentano. Ich kam nicht umhin, ihm das zu sagen. Er grinste übers ganze Gesicht und legte den Zeigefinger auf seinen Mund: „Psst, nicht weitersagen!" Humor hatte er auch noch.

Und, typisch Italiener: Es wurde getafelt, als wäre an diesem Abend ein großer Festtag. Viele Italiener sind begnadete, aber zumindest leidenschaftliche Köche. In Italien wird noch großen Wert auf Frische gelegt. Und von wegen nur Pasta! Abwechslungsreicher und vielfältiger geht es kaum noch.

Die nette Familie lebt eigentlich in Rom. In *Ronciglione* steht nur das Elternhaus in dem sie häufig die Wochenenden oder Ferien verbringen. Sie haben mir das Versprechen abgenommen, sie bald wieder zu besuchen. Bei dem Gedanken daran, lief mir sofort das Wasser im Mund zusammen.

il permesso di soggiorno

Nicht alles ist so leicht und schwerelos in Italien, wie viele es glauben. Vor allem nicht, wenn man in diesem Land leben möchte.

Zum Beispiel war es in den 80er Jahren noch ausgesprochen schwierig, eine Aufenthaltsgenehmigung zu erhalten und oft genug wurde daraus ein großes Abenteuer.

Im ersten Jahr meines Aufenthaltes in Italien lebte ich auf dem Land, nicht weit von Rom entfernt. Ich ging dort zur *comune*, das ist die Stadtverwaltung und meldete mich an. Die Angestellten behaupteten, dass nun alles klar sei und ich lebte vergnügt in dem Glauben, mich korrekt angemeldet zu haben.

Nach einem Jahr wechselte ich zu einer Familie nach Rom. Auf der *questura*, der Polizeistation, bei der ich mich ummelden wollte, erfuhr ich auf dem Korridor in einem Gespräch mit einem Deutschen, dass meine Anmeldung auf dem Dorf ungültig sei und dass es für Au-pair-Mädchen überhaupt keine Möglichkeit gäbe eine Aufenthaltsgenehmigung zu erhalten. Typisch für Italien: Da sie nicht wissen, wie sie diese Arbeit betrachten sollen, tun sie so, als gäbe es sie gar nicht. Der junge Mann meinte, ich könne lediglich ein dreimonatiges Touristen-Visa beantragen. Und danach, fragte ich. Ja, erwiderte der junge Mann, dann müsse ich ein Neues beantragen, aber das wäre nicht so einfach.

Der erste Antrag geht noch einigermaßen schnell über die Bühne. Abgesehen davon, dass man sich schon in den frühen Morgenstunden in eine unendlich lange Menschenschlange, die bereits außerhalb des Gebäudes in einigen hundert Metern Entfernung beginnt, einreihen muss. Nach stundenlangem Warten kann es einem passieren, dass der Angestellte vom Personalausweis Kopien benötigt. Diese muss man im Copy-Shop um die Ecke selbst machen. Aber keine Angst, man braucht sich dann nicht mehr ganz hinten anstellen. Nach mehrmaligem Vorzeigen der Unterlagen, lassen einen die Wartenden in der Regel problemlos vorbei.

Das echte Problem kommt dann nach den drei Monaten. Eine Verlängerung gibt es nämlich nur, wer eine Arbeitserlaubnis, bzw. eine Arbeit hat. Die findet man aber nur mit einer Aufenthaltsgenehmigung. Ein nicht endender Kreislauf.

Wir leben zwar in der EU, aber das scheint man nicht immer zu merken. Ich habe italienische Freunde, die seit Jahren in Deutschland leben. Als sie ankamen, haben sie sofort und ohne Probleme eine 5-jährige Aufenthalts- und Arbeitsgenehmigung erhalten.

Wer nun denkt, dass er auch ohne Aufenthaltsgenehmigung in diesem schönen Land leben kann, sollte sich das gut überlegen. Wenn man nämlich in eine Polizeikontrolle gerät und seine Aufenthaltsgenehmigung nicht vorweisen kann, wird man unter Umständen sofort des Landes verwiesen.

Glück im Unglück hatte ich in so einer Situation, als ich erst ein paar Wochen in dem Dorf gelebt hatte. Ich fuhr nachts vom Süden Roms über die Autobahn nach Hause und wurde prompt von der Polizei angehalten. Nachdem meine Papiere kontrolliert worden waren und ich bereitwillig erzählt hatte, dass ich als Au-pair-Mädchen in einer Familie lebe, wollte der Polizist wissen, warum ich dann noch mit deutschem Kennzeichen führe. Selbstbewusst erklärte ich, dass ich mich vorher in Deutschland genau erkundigt hatte und ich dürfe ein Jahr mit deutschem Kennzeichen fahren. Der Polizist widersprach mir. Doch ich ließ mich nicht beirren und erklärte, ich hätte mich nicht nur bei der italienischen Botschaft in Deutschland erkundigt, sondern auch beim ACI, dem italienischen Automobilclub.

Als der Polizist merkte, dass er nichts gegen mich in der Hand hatte, wollte er die Aufenthaltsgenehmigung sehen. Im festen Glauben, diese sei in Ordnung, erklärte ich ihm, dass ich sie im Hause meiner Gastfamilie gelassen hätte und wenn er sie sehen wolle, könne er mich begleiten. Darauf ging der Polizist nicht ein und meinte, ich solle das Auto stehen lassen. „Wie bitte?" fragte ich, „Nachts um vier Uhr? Und wie komme ich die 40 Kilometer nach Hause?" „Das ist Ihr Problem." antwortete der Polizist.

Das könne er nicht machen, rief ich entsetzt. Aber der Polizist ließ sich nicht erweichen. Als ich schon fast den Tränen nah war, mischte sich der zweite Polizist, der etwas abseits stand und die ganze Szenerie beobachtet hatte, ein. Er redete auf seinen Kollegen leise ein. Nach einiger Zeit ließ mich der Polizist dann aber doch fahren und ich fuhr mit zitternden Knien nach Hause.

Napoli sehen und sterben

Fast jeder kennt wohl den Ausspruch: „Napoli sehen und sterben". Dieser Spruch, etwas anders interpretiert, müsste er zudem noch abgewandelt werden. Zum Beispiel in „Palermo sehen und sterben" oder auch „Monaco sehen und sterben". Denn auf meinen Reisen ins Ausland kam ich immer wieder in brenzlige Situationen.

In Palermo konnte mich mein Freund in letzter Minute von der Straße in einen Hauseingang ziehen. Fasziniert von Palermos Altstadt, hatte ich den Feuerwechsel zwischen einem Auto der Mafia und eines Polizeiautos nicht gleich bemerkt und als ich es endlich wahrgenommen hatte, blieb ich wie angewurzelt stehen. Nur die schnelle Reaktion von Marco verhinderte eine eventuelle Schussverletzung.

Noch ganz benommen von der eigentlich filmreifen Situation torkelte ich hinter meinem Freund her. Als wir um ein paar Ecken gelaufen waren, erschütterte mich der Anblick der nächsten Szene. Auf einer *Piazza* lagen mehrere erschossene Personen über die weinende Frauen gebeugt waren. In diesem Moment glaubte ich noch, dass gerade ein Mafia-Film gedreht wurde und suchte vergeblich die Kameraleute. Aber leider war das die brutale Realität. So schnell wir konnten verließen wir diesen schrecklichen Ort.

In Monaco vor dem Fürstenpalast wollte ich noch ein Erinnerungsfoto machen, als mich meine Freundin Jeanette reaktions-schnell zur Seite zog. Der flotte Fahrstil der Prinzessin hätte mir sicherlich nicht sehr gut getan.

Ein ganz spezielles Erlebnis, auch fast Filmreif, widerfuhr mir in der Nähe von Rom. Ich war mit meinen italienischen Freunden Michele, Stefano, Gina und Maurizio auf einem Dorffest, nicht weit von Rom entfernt.

Gina traf dort eine alte Bekannte, die uns noch auf einen *caffè* zu sich nach Hause einlud. Gina hatte mir schon einmal von ihr erzählt. Diese attraktive Mittvierzigerin lebte getrennt von ihrem Ehemann, weil, wie so oft im Leben, dieser in der Midlife-Crisis steckte und nun eine Freundin hatte, wenig älter als die gemeinsame 18-jährige Tochter. Allerdings war es damals in Italien noch nicht üblich, in so einem Fall die Scheidung einzureichen, zumindest nicht auf dem Land.

Diese Frau lebte in einem sehr schönen, großen Haus und auch das Wohnzimmer war sehr geschmackvoll und teuer eingerichtet. Zuerst war die Stimmung sehr fröhlich. Doch dann, wie zu erwarten, erzählte Maria von ihrem Schicksal und wie froh sie sei, diesen miesen Kerl los zu werden. Jetzt könne sie in dem herrlichen Haus zusammen mit ihrer Tochter leben und müsse nicht mehr seine dreckigen Socken waschen.

Plötzlich ging die Haustür auf und Marias Ehemann kam her-ein. Er müsse nur schnell ein paar Kleinigkeiten holen. Um elf Uhr nachts! Das ginge schon in Ordnung, erwiderte seine Ehefrau ganz ruhig.

Aber als ihr Mann nach einigen Minuten wieder die Treppe herunterkam hielt Maria plötzlich eine Pistole in der Hand. Keiner hatte gesehen, woher sie diese so schnell hervorgezaubert hatte. Sie fuchtelte damit wild in der Gegend herum und schrie: *„Ti ammazzo."* Ich bring Dich um! Wie eine Furie rannte sie auf ihn los, die Waffe weiterhin in ihrer Hand. Keiner wusste, ob diese geladen war.

Gina und ich saßen vor Furcht wie angewurzelt auf dem Sofa, während Maurizio blitzschnell aufsprang und ohne zu Überlegen versuchte, Maria die Pistole zu entwenden. Die kreischende Frau wehrte sich, indem sie versuchte ihn zu beißen. Aber mittlerweile war Stefano aufgesprungen und nach einem kurzen Kampf, in dem sich kein Schuss löste, gelang es den beiden jungen Männern ihr die Waffe zu entreißen.

Dennoch war die Gefahr noch nicht vorbei, denn der bis dahin erschrockene und ruhig wirkende Ehemann stürzte sich nun auf seine Frau und brüllte: "Das sollte ich mit dir tun, *strega*" und drückte die „Hexe" zu Boden. Maurizio und Stefano hatten alle Hände voll zu tun, um die beiden Streithähne auseinander zubringen.

Fassungslos beobachtete ich diese Szene, ich war noch immer wie gelähmt. Vorsichtig drehte ich mich um. War ich versehentlich in einen Film geraten oder will mich jemand hochnehmen und ich war in der Serie „Die versteckte Kamera" gelandet? Oder träumte ich etwa?

Ich konnte meine Gedanken gar nicht richtig zu Ende spinnen, da stürzte die Tochter mit einem Messer in der Hand die Treppe herunter. „Das halte ich nicht mehr aus," rief sie, „ich bringe mich um!" Und mit diesen Worten verschwand sie aus der Haustür.

Michele, der mittlerweile versucht hatte Maurizio und Stefano zu helfen, das sich noch immer streitende Paar zu beruhigen, lief rasch der Tochter hinterher.

Gina und ich hatten uns endlich gefangen und begriffen langsam, was sich in den letzten Minuten in diesem Raum abgespielt hatte. Sie nahm sich der nun heulenden Maria an und führte sie zum Sessel, während der Vater ebenfalls seiner Tochter nach eilte.

Nach einer Weile kamen alle drei zurück. Außer ein paar leichten Schnittwunden war dem Mädchen nichts passiert. Der Vater begleitete seine Tochter nach oben um die Wunden zu versorgen.

Langsam beruhigte sich auch Maria. Sie bat Gina und Maurizio, doch die Nacht bei ihr zu bleiben.

Und genauso schnell wie diese Tragödie begonnen hatte, war sie auch beendet. Und *grazie-a-dio*, Gott-sei-Dank, ohne größeren Schaden. Aber der Schrecken ist mir trotzdem gewaltig in die Glieder gefahren.

Die Stunde der Entscheidung

Ich starre das Stäbchen an, als könnte ich es beeinflussen. Ein Blick auf die Uhr. Erst eine Minute vergangen. Wie lange musste man warten?

„.... möchten Sie ganz sicher gehen, muss das Teststäbchen drei Minuten …"

Mein Blick fällt auf sein Foto, das ich mit einer Reißzwecke an die Wand geheftet habe und meine Gedanken schweifen zurück.

Der Winter ließ auf sich warten. Das kam den jungen Leuten ganz recht. Sie standen auf dem Dorfplatz, amüsierten sich und beratschlagten, was es noch zu tun gebe.

Mit Freude bemerkte Laura, dass er wieder da war, der junge Mann mit den faszinierenden Augen, die mehr sprachen und versprachen, als sein Mund. Schon seit langer Zeit warfen sie sich heimlich Blicke zu, aber miteinander geredet hatten sie so gut wie noch nichts.

Laura hoffte, die Nacht würde nie zu Ende gehen. Sie ließ keine Gelegenheit aus, ihm in die Augen zu sehen, in denen sie eine Vertrautheit lesen konnte. Was war das, fragte sie sich, ich kenne ihn kaum, aber dieses Gefühl von Geborgenheit ...

Er lachte sie an, spitzbübisch, wie ein Verbündeter. Heute wollte sie nicht nach Hause gehen und sie wußte er spürte das gleiche.

Der Platz leerte sich und die beiden blieben allein zurück.

Endlich begannen sie ein Gespräch, eines von diesen, das nicht enden will.

Nein, dachte Laura, wir kennen uns nicht erst seit Kurzem. Wir müssen uns schon einmal begegnet sein, diese Parallelen, dieser Einklang.

Hand in Hand liefen sie zum nahe gelegenen Park. Die intensiven Gespräche wurden nur durch harmonisches Schweigen unterbrochen.

Die Sonne ging bereits wieder auf, als die zwei Liebenden sich auch körperlich nahe kamen. Laura dachte nur, das ist ja alles wie in einem Kitsch-Roman.

Erschrocken sehe ich auf die Uhr. Aber es ist erst eine Minute um. Die Zeit scheint stehen zu bleiben. Wie wird das Ergebnis ausfallen? Komisch waren die zwei letzten Wochen schon. Kann man spüren, wenn man ein Kind erwartet? Und dann das merkwürdige Ziehen in den Brüsten.
Nein, ich bilde mir sicherlich nur alles ein.
Aber meine Tage, sie kamen doch immer so regelmäßig. Nun ja, ich hatte auch viel Aufregung in letzter Zeit. Sicherlich wird das Ergebnis negativ ausfallen.
Beruhigt schaue ich das Stäbchen an. Es wäre momentan auch der falsche Zeitpunkt.

Ja, es war der falsche Zeitpunkt.
Immer wieder fragte sich Laura, warum, warum nur hatten sie sich erst so spät getroffen. War das Schicksal gegen sie? Sie liebte, sie liebte mit jeder Faser ihres Herzens. Und sie wurde auch geliebt. Das es so etwas gab, Geist, Körper und Seele im Einklang. So etwas gab es doch nur im Märchen. Nein, dachte Laura, nein, das gibt es wirklich und ich hatte das Glück dies kennen zu lernen.
Ironisch dachte sie, Glück? Wen die Götter strafen wollen, dessen Gebete erhören sie.

Erst zwei Minuten um. Was, wenn der Test doch positiv ist? Ein Kind von dem Mann, den ich am meisten liebe, geliebt habe und lieben werde. Ein Kind, dass genauso aussieht wie er, seine Augen, seine Lippen ... Wir drei – eine glückliche Familie!

Familie! Laura dachte, ihr Herz müsse stehen bleiben, zumindest hatte sie das Bedürfnis, die Erde tue sich auf und sie könne darin versinken. Nein, dachte sie verzweifelt, nein, das ist alles nur ein böser Traum.

Seine Worte dröhnten in ihrem Kopf: „Ich weiß nicht, wie ich es dir sagen soll. Ich bin bereits verheiratet!"

Verheiratet, verheiratet! Sie hörte immer nur dieses eine Wort und konnte sich gar nicht mehr richtig auf seine Erklärungen konzentrieren.

„Wir haben sehr jung geheiratet, weil ein Kind unterwegs war...". Verheiratet, nein, es ist nur ein Alptraum und gleich wache ich auf, hoffte sie. „... wir kannten uns kaum...". Nein, nein, nein! „... unsere Ehe ist keine richtige Ehe, sie besteht nur auf dem Papier ...".

Endlich, die drei Minuten waren um. Mein Herz pocht bis zum Hals. Wie wird das Ergebnis ausfallen?

Ich schaue das Stäbchen an. Aber was war das? Es ist weder blütenweiß, noch hellblau! Oje, jetzt weiß ich wieder nicht, woran ich bin. Bin ich nun oder bin ich nicht?

Und obwohl ich das Teststäbchen drehe und wende, gegen die Lampe und gegen das Tageslicht halte, ein klares Ergebnis erhalte ich nicht.

Ach, ich werde einfach in die Apotheke hinuntergehen und dort wird es mir schon jemand sagen können.

Doch die nette Apothekerin konnte es auch nicht sagen und die drei Kundinnen ebenfalls nicht. Da standen wir nun im Kreis und reichten das Stäbchen von einer Hand zur nächsten.

Ratlosigkeit, dann die Frage einer Kundin: „Ja wollen sie denn schwanger sein oder lieber nicht? Dementsprechend könnten wir uns ja entscheiden."

Stille und vier Augenpaare abwartend auf mich gerichtet. Und dann fiel meine Antwort, spontan und ich wusste erst in diesem Augenblick, dies ist die Entscheidung: „Ja, ich will das Kind!"

Das Kind! Oft lagen sie beieinander und träumten. Träumten was wäre wenn er noch frei wäre. Zusammen alt werden, gemeinsam Kinder haben, ein Haus auf dem Land mit vielen Tieren ... In ihren Träumen waren sie frei und glücklich.

Glücklich war ich irgendwie schon. Ich wusste, mein Unterbewusstsein hatte für mich gesprochen. Doch nun wollte ich erst recht Klarheit.

Die Apothekerin gab mir einen guten Tip: „Haben Sie noch etwas von dem Urin aufgehoben?" Ich nickte. „Dann nehmen Sie doch noch mal einen anderen Test mit nach Hause."

Und während ich auf das neue Ergebnis warte, drehen sich meine Gedanken um unsere Zukunft.

„Jan, ich erwarte ein Kind von Dir!" Jan schaut Laura erstaunt an. Sekunden vergehen, in denen Laura nicht weiß, was er denkt. Ihr Herz klopft so laut, dass sie meint, die ganze Welt müsse es hören.

Und als sie glaubt, sie halte es nicht mehr aus, da nimmt er sie liebevoll in den Arm: „Ich weiß nicht, wie es weitergehen soll, aber ich denke schon die ganze Zeit über uns und unsere Zukunft nach. Ich weiß nur, dass ich dich liebe ...," er streicht ihr zärtlich über den Bauch, „... und euch werde ich niemals verlassen."

Ich seufze tief. Ach, wenn das Leben doch nur so einfach wäre! Und wenn ich mir seiner Liebe und seines Mutes so sicher sein könnte.

Ein Blick auf die Uhr. Können Sekunden, Minuten so langsam vergehen?

Und meine Tagträume holen mich wieder ein.

„Jan, ich erwarte ein Kind von dir!" Entsetzt starrt Jan Laura an: „Nein, das kann nicht sein! Du musst dich irren." Nach einer Weile nimmt er Laura väterlich in den Arm: „Seit wann hast du deine Periode nicht mehr? Wenn sie etwas später kommt, dann liegt es sicherlich an der Aufregung, die du in letzter Zeit hattest. Bei meiner Frau ist das auch oft so."

Laura schmiegt sich an ihn und erzählt ihm von dem Schwangerschaftstest.

Da löst er sich aus der Umarmung, geht ein paar Schritte weg, dreht sich um und sagt: „Du musst es abtreiben!"

Er sieht Lauras verstörten Blick, geht wieder auf sie zu und legt den Arm um sie: „Das musst du schon verstehen. Ich liebe dich, das weißt du ja, aber ein Kind ... Wie sollen wir das machen ... Ich meine schon rein finanziell ... Wir müssen dann weg von hier. Ich habe aber alles hier, meine Arbeit, meinen Sohn ...".

Während der letzten Worte läuft Jan nervös hin und her. Nun wendet er sich wieder an Laura: „Schau, es kann alles so bleiben, wie es war. Wir zwei waren doch glücklich."

Tränen laufen ihr übers Gesicht. Er wischt sie weg.

„Nun schlaf erstmal darüber und morgen bereden wir es noch mal. Aber glaube mir, eine Abtreibung wäre schon das Beste. Du weißt ja, ich liebe dich und zwischen uns bleibt alles wie es war."

Erstaunt erwache ich und bemerke, wie mir die Tränen übers Gesicht laufen. Ich wische sie mir weg und schreie verzweifelt, aber ohne einen Laut hervor zu bringen: „Mein Baby, oh, mein Baby."

Ich versuche meine Fassung wieder zu gewinnen und bemerke, dass die Zeit um ist.

Ich nehme das Teströhrchen hoch: Der Schwangerschaftstest ist positiv!

Falsche Freunde

In jeder Sprache gibt es so genannte „falsche Freunde". Das sind ähnliche Wörter, aber mit einer total anderen Bedeutung, wie zum Beispiel im Italienischen das Wort *firma* „Unterschrift" bedeutet oder *regalo* ein „Geschenk" ist.

Kritisch kann es werden, wenn das Wort ein Schimpfwort ist. Als ich durch Rom schlenderte und auf einer kleinen Piazza eine süße Katze sah, streichelte ich sie mit den Worten: „Du bist aber eine süße Katze!" Ein vorbeikommender Italiener betitelte mich daraufhin mit den Worten „*Figlia di puttana.*" Entsetzt blickte ich ihm nach, hatte er mich doch eben mit Hurentochter beschimpft. Erst später verstand ich seine Reaktion. Das deutsche Wort „Katze" ähnelt dem italienischen Wort *cazzo* und das heißt übersetzt „Penis".

Ein sehr guter Freund von mir, katholischer Pfarrer und Italienliebhaber, sprach fließend italienisch. Wenn er mal wieder beruflich nach Rom fuhr, schockte er seine Freunde mit den Worten: "Ich fahre wieder nach Rom und dann esse ich *Cozze*, *Salmone* und *Trippa.*" Italienerfahrene werden wissen, was sie dann auf ihrem Teller erwarten können, nämlich „Muscheln, Lachs und Kutteln".

Zu den falschen Freunden kommen dann auch noch die Doppeldeutungen, die es in jeder Sprache gibt. Zwei junge Au-pair-Mädchen in Rom waren abends mit Freunden beim Essen. Als die Pizza serviert wurde, strahlte das eine Mädchen übers ganze Gesicht und rief begeistert aus: „*Amo la pizza!*" Was soviel heißt wie, ich liebe Pizza. Und ihre Freundin ergänzte: „*Ed io amo la verdura, sopratutti i piselli!*" Und ich liebe Gemüse, vor allem Erbsen. Verdutzt schauten die beiden Mädchen auf die sich vor lachen krümmende Tischgesellschaft. Was sie die beiden nicht wussten: *pizza* oder *pisello* wird auch der „Penis" genannt.

Eine andere nette Geschichte passierte mir in Rom. Ich schlenderte so durch die Straßen, als ich ein Taschentuch benötigte. Als ich keines fand, schaute ich mich um und suchte jemanden, den ich danach fragen konnte. Es stand nur ein junger Kerl in meiner Nähe und so fragte ich ihn: „*Hai un tempo per me*." Dabei vergaß ich, dass „Tempo" zwar in Deutschland sehr gebräuchlich für ein Papiertaschentuch ist, aber in Italien eine ganz andere Bedeutung hat. *Tempo* heißt auf Deutsch entweder „Wetter" oder „Zeit". Also war es gar nicht verwunderlich, dass der Angesprochene übers ganze Gesicht strahlte, sich bei mir einhakte und erwiderte: „*Certo, che ho tempo per te*." Gewiss habe ich Zeit für Dich! Keine Frage: Ich hatte ab diesem Moment für den ganzen Tag eine nette Begleitung.

Natürlich kann man der Gefahr von Missverständnissen nicht immer ausweichen, aber vielleicht ist man weniger überrascht, wenn man vorher auf solche Fettnäpfchen hingewiesen wird.

Briefwechsel

Liebe Eva, Rom, 28. März 1987

ich hoffe es geht Euch gut. Was macht Dein „Räuber", gefällt es ihm im Kindergarten?

Bei mir läuft es nicht so gut. Seit ich Fabrizio nicht mehr sehe, fühle ich mich irgendwie alleine. Und selbst mein geliebtes Rom kann mich nicht wirklich aufheitern und das obwohl die ersten Sonnenstrahlen diese Stadt wieder zum Leben erwecken. Das Flirten macht mir keinen Spaß mehr. Und zur Zeit bin ich so unheimlich launisch. In einer Minute bin ich noch ausgelassen und fröhlich und in der nächsten am Boden zerstört. Außerdem bin ich immerzu müde. Kurz und gut, ich fühle mich im Augenblick überhaupt nicht wohl. Wahrscheinlich bekomme ich meine Tage. Meine Brust spannt auch so sehr.

Ich glaube, heute ist kein guter Tag zum Briefe schreiben. Ich melde mich ein anderes Mal wieder.

Deine Himmel-hoch-jauchzend-zu-Tode-betrübte Freundin Caro

Liebste Carolina, München, 6. April 1987

warst Du schon beim Arzt. Ich mache mir Sorgen. Sag, wann hattest Du Deine letzte Periode? Ich hoffe, das weißt Du noch. Ich kenne Dich ja, Du nimmst das nicht immer sehr genau. Aber ich befürchte, Du steckst in Schwierigkeiten. Ich hoffe nur, dass ich mich irre. Aber Dein Brief könnte auf eine Schwangerschaft hindeuten. Ist Dir auch übel? Bitte melde Dich bald.

Deine beunruhigte Eva

Liebe Eva, Rom, 15.April 1987

auf diesen Gedanken bin ich auch schon gekommen.

Und darum habe ich mir einen Test aus der Apotheke geholt. Ich habe ihn eben gemacht. Aber aus dem Ergebnis werde ich nicht schlau. Es ist weder weiß noch blau. Typisch für mich. Bei mir ist nie etwas eindeutig.

Meine Nachbarin, die ich um Rat gefragt habe, hat mir einen Gynäkologen hier in der Nähe empfohlen. Morgen früh gehe ich gleich hin. Wie ich Dir sicherlich schon gesagt habe, bekommt man bei den „normalen Ärzten" keine Termine. Du musst Dich möglichst schon um sieben Uhr anstellen, in der Hoffnung, dass Du irgendwann, nach stundenlangem Warten, an der Reihe bist. Kein Wunder, dass sich die Italiener, die es sich leisten können, privatversichert sind.

So, ich schicke den Brief jetzt ab und verspreche Dir gleich Morgen noch einen, mit dem sicherlich negativen Ergebnis zu schreiben.

Deine bestimmt-nicht-schwangere Caro

Liebe Eva, Rom, 16. April 1987

ich bin schwanger. Ich weiß nicht, ob ich weinen oder lachen soll.

Weißt Du, seit ich weiß, dass da so ein kleines Wesen in mir heranwächst, schwanke ich zwischen Freude und Ablehnung. Mein Verstand sagt mir, dass ich dieses Kind nicht bekommen darf und mein Gefühl sagt, jetzt oder nie. Oh, so ein Mist. Was tue ich nur.

Ich muss Dir erzählen, wie es bei diesem Gynäkologen war: Nachdem ich vier Stunden gewartet habe und mir die Zeit damit vertrieben habe, die vor allem jungen Mädchen zu beobachten, war ich endlich an der Reihe.

Eine italienische Praxis hat mit einer deutschen gar nichts gemeinsam. Außer einer Pritsche und einem Schreibtisch befindet sich rein gar nichts im Arztzimmer. Der Arzt war etwas seltsam. So ein Typ, der Dir nicht einmal in die Augen schaut. Er saß hinter seinem Schreibtisch und schrieb und schrieb und schrieb, während er mir Fragen über meine letzte Periode, usw. stellte. Dann musste ich mich auf eine Liege legen und er untersuchte mich. Zurück am Schreibtisch schrieb er weiter. Lakonisch teilte er mir mit, dass ich schwanger sei und fragte mich: "Und, wollen Sie das Baby behalten?"

Vollkommen verdutzt über diese Art der Frage, aber auch über meinen Zwiespalt der Gefühle, bis dahin hatte ich mir überhaupt noch keine Gedanken gemacht, was ich bei einer eventuellen Schwangerschaft tun soll, antwortete ich, auch für mich voll-kommen unerwartet: "Ja!"

Nicht nur ich war überrascht, auch der Gynäkologe. Er blickte mich das erste Mal an, wurde hektisch und rief. "Ja, dann muss ich sie ja gründlich untersuchen." Verdattert schaute ich ihn an. Was war denn mit dem los? Auf einmal nahm er sich Zeit für mich. Er stellte mir mehrere Rezepte aus, die ich mir von der Krankenkasse bestätigen lassen müsse und anschließend bräuchte ich Termine für den Ultraschall und die Blutuntersuchungen.

Noch verwirrt über das Erlebte ging ich zur Sprechstundenhilfe hinaus. Ich fragte diese, warum der Arzt so komisch auf die Tatsache reagiert hätte, dass ich das Kind behalten wolle. Da meinte sie: „Haben Sie denn nicht all diese Mädchen im Wartezimmer gesehen? Keine von denen behält ihr Baby." Jetzt erst wurde mir klar, warum so eine negative Atmosphäre in dem Wartezimmer herrschte.

Das musste ich erst einmal verdauen.

Meine Nachbarin, der ich gleich alles erzählte, sagte mir, ich solle mal in den frühen Morgenstunden vor eines der Krankenhäuser in Rom gehen. Dann würde ich die langen Reihen der Mädchen antreffen, die alle nur darauf warteten, ihr „Missgeschick" wieder loszuwerden.

Eva, kannst Du Dir das vorstellen. Ein so katholisches Land wie Italien.

Irgendwie abartig. Erst weigern sich die Frauen zu verhüten, aus christlichen Motiven, behaupten sie jedenfalls, und dann treiben sie reihenweise ab.

Nun erinnere ich mich auch wieder an eine Diskussion in meinem Freundeskreis. Es ging um Verhütungsmittel. Mit einem Studenten der Medizin habe ich richtig gestritten, weil er seiner Freundin weismachen wollte, wenn diese die Pille nähme, würden sich in ihrer Scheide Keime entwickeln, die durch den Geschlechtsverkehr beim Mann, Krebs auslösen würde.

Und meine naive Freundin glaubte das auch noch, schließlich war er ja angehender Arzt. Nun ja, so hatte er wenigstens, dass glaubte er zumindest, die Sicherheit, dass sie ihn nicht betrügen würde.

Aber zurück zu mir. Sage mir, liebste Freundin, findest Du es dumm von mir, dass ich das Kind behalten will?

Graziella hat zumindest kein Verständnis für mich. Sie sagt als *ragazza madre* - ledige Mutter - könnte ich unmöglich weiter in Italien leben. Hier wirst Du noch immer schief angesehen, wenn du eine allein erziehende Mama bist. Kaum zu glauben am Ende der 80'er Jahre.

Ich mache mir schon Gedanken, von was wir leben sollen und die Schule kann ich dann womöglich auch an den Nagel hängen.

Aber was kann das Kind dafür?

Mit Fabrizio brauche ich gar nicht darüber zu reden. Diese Beziehung kann man sicher nicht mehr retten und mit einem Kind gleich dreimal nicht. So richtig klar ist mir das erst durch diese Schwangerschaft geworden. Eva, Du standest doch auch einmal vor dem gleichen Problem. Bitte melde Dich gleich. Verflucht, warum wohnt Ihr nur so weit weg von mir.

Deine verzweifelte Carolina

Liebe Carolina, München, 23. April 1987

ich habe es befürchtet. Aber für Vorwürfe ist es zu spät. Wir müssen jetzt das Beste aus der Situation machen. Erst einmal will ich Dir sagen, dass ich Dich gut verstehe, dass Du Dich für dieses Kind entscheiden willst.

Ich muss Dich aber auch warnen. Die Praxis sieht nun mal anders aus. Ein Kind alleine großzuziehen, bedeutet verzichten zu müssen, bedeutet oft alleine zu sein, bedeutet Träume zu begraben und noch vieles mehr.

Auf der anderen Seite bedeutet es aber auch, bedingungslos geliebt zu werden. Und wenn Du mal völlig fertig bist mit der Welt und dann so ein kleiner Zwerg kommt, Dich umarmt und sagt: "Mama, du bist die allerliebste und schönste Mama dieser Welt. Dich heirate ich, wenn ich groß bin." Dann ist aller Kummer vergessen und du weißt für was du die Probleme auf dich genommen hast.

Auch ich habe mich bereits in der Schwangerschaft für ihn entschieden, obwohl ich auf viel Unverständnis gestoßen bin. Vor allem, als klar wurde, dass ich ihn alleine großziehen muss. Aber gerade deshalb liegt mir sein Wohlergehen am Herzen. Vielleicht war ich deshalb all die letzten Jahre allein, weil ich nur mit jemandem leben kann, der meinen Sohn nicht nur akzeptiert, sondern auch Sympathie, mit der Wahrscheinlichkeit von wachsender Liebe entgegen bringen kann.

Na ja, ich brauche es Dir ja eigentlich nicht zu erzählen. Aber es ist nicht immer ganz einfach allein erziehend zu sein. Auch wenn viele behaupten, heutzutage wäre das kein Problem mehr. Nicht nur finanziell stand ich die ganzen Jahre im Abseits, auch die Gesellschaft hat es mir nicht immer leicht gemacht. Viele akzeptierten uns immer noch nicht, obwohl es mittlerweile eine Million allein erziehender Mütter und Väter gibt.

Kannst Du Dich erinnern, als Adrian mit zwei Jahren ein anderes Kind auf einem Kindergeburtstag gebissen hat. Die anwesenden Eltern hätten uns am liebsten zerfleischt. Ein Vater meinte, man merke, dass Adrian keinen Vater hätte, der ihn anständig erziehen würde.

Vor einiger Zeit habe ich einmal einen Artikel einer Alleinerziehenden in einer Frauenzeitschrift gelesen. Die Überschrift lautete: „Warum mein Sohn kein Bundeskanzler werden kann." Diese Autorin wies mit ironisch-lockerer Art auf die Missstände in unserer Gesellschaft hin. Viele glauben immer noch, dass ein schlechter Vater besser als gar keiner ist. Unvorstellbar, oder?

Aber vielleicht habe ich endlich den richtigen Partner und Vater für Adrian gefunden. Ich weiß, ich träume schon wieder zuviel. Du weißt ja, ich bin selbstständig genug um mit Adrian allein zu leben und mittlerweile geht es mir auch finanziell besser. Wenn ich mich binde, dann nur aus Liebe und auch nur dann, wenn es zu dritt klappt.

Aber nun eine Frage: Bist Du Dir ganz sicher, dass Du die Beziehung mit Fabrizio nicht mehr kitten kannst? Und wenn Du alleine bleibst, was willst Du dann tun? Kommst Du dann nach Deutschland zurück? Du sagst ja selbst, die Italiener tun sich noch schwer Alleinerziehende zu akzeptieren, obwohl man sich das bei einer so großen Stadt wie Rom nicht vorstellen kann.

Eines musst du auf alle Fälle wissen: Du bist nicht alleine!

Und weißt Du was, irgendwie freue ich mich schon auf Dein Baby.

Also Kopf hoch – du wirst es schaffen, Du bist doch eine starke Frau.

Deine Dir immer helfende Freundin Eva

Liebste Eva, Rom, 30.April 1987

erst einmal Danke für Deinen lieben Brief.

Du bist auch eine starke Frau. Auch, wenn man es Dir im ersten Augenblick nicht anmerkt. Ich glaube, dass ist auch Dein Problem.

Viele glauben, dass Du ohne die "Schulter-zum-Anlehnen" nicht leben kannst. Vor allem die Männer, die anschmiegsame Frauen suchen, lassen sich im ersten Augenblick von Deinem Äußern täuschen. Dann merken Sie, dass Du in Wirklichkeit sehr gut alleine leben kannst und bekommen Angst vor Deiner Stärke. Und plötzlich stehst Du erneut vor einem Scherbenhaufen. Nur gut, dass Du ein "Steh-auf-Männchen" bist und immer noch von der einzig wahren Liebe träumst.

Ich habe Dir auch etwas Neues mitzuteilen. Nun bin ich bereits in der neunten Woche und außer, das mir rund um die Uhr schlecht ist, geht es mir gut. Das Einzige was gegen die Übelkeit hilft, ist essen. Leider, denn ich habe schon zugenommen. Außerdem habe ich natürlich sofort mit dem Rauchen aufgehört und das schlägt sich auch auf meine Figur nieder. Aber was soll's, bald werde ich mich sowieso kugeln können.

Alle Überlegungen der letzten Wochen, haben mich nur in meinem Entschluss bekräftigt. Ich werde mein Kind behalten! Aber ein Zurück zu Fabrizio wird es nicht geben, allein die Tatsache, dass er mich betrogen hat, lässt diesen Schritt nicht mehr zu. Außerdem habe ich beträchtliche Zweifel, dass er ein guter Vater wäre.

Graziella hat meine Entscheidung mittlerweile auch akzeptiert und zieht mich mittlerweile auf. Neulich im Bus, der wie immer überfüllt war, saßen wir auf einer Stufe. Darüber hat sich ein älterer Herr aufgeregt, von wegen, die Jugend von heute und kann nicht einmal eine Zeitlang stehen und so weiter. Graziella, nicht auf den Mund gefallen, antwortete nur: "Wenn Sie für zwei tragen müssten, würden Sie sich auch hinsetzen." Der Mann sprang auf und rief: " Aber *Signora*, warum sagen Sie nicht gleich, dass sie in anderen Umständen sind, bitte setzen sie sich doch."

Gestern war ich beim Blut abnehmen. Das war vielleicht eine Strapaze. In dieser Beziehung wäre ich doch lieber wieder in Deutschland. Da ist alles so einfach und bequem. Hier dagegen kann man zwar gut leben, aber krank werden darf man nicht. Ich bin zwar nicht krank, auf die medizinische Betreuung bin ich aber trotzdem angewiesen.

Nachdem ich einen halben Tag in der Zentrale der Krankenkasse verbracht habe, um die Überweisungen an das Krankenhaus und das Labor bestätigen zu lassen, konnte ich endlich beim Krankenhaus anrufen, und fragen, wann ich zu den diversen Blutuntersuchungen kommen könnte. Jederzeit, teilte man mir mit, aber „Nüchtern müssen Sie sein und viel Zeit mitbringen." Nüchtern in meinem Zustand!

Damit ich diesen grauenhaften Tag gut überstehen kann, dachte ich mir, fahre ich so, dass ich um acht Uhr im Krankenhaus bin. Das ist allerdings fast zwei Busstunden von meiner Wohnung entfernt, nämlich genau am anderen Ende der Stadt.

Als ich endlich ankam, war ich schon kurz davor mich zu Übergeben. Aber es kam noch schlimmer. Im Wartezimmer saßen schon mindestens zwanzig Leute und das hieß warten. Ich konnte mich kaum noch gerade halten, so schlecht ging es mir. Aber keiner der anderen Patienten hatte Mitleid mit mir. Schließlich mussten sie auch warten und das bisschen Schwanger sein kann doch nicht so schlimm sein. Ich bin ungerecht, woher sollten sie denn auch wissen, dass ich ein Baby erwarte.

Also wartete ich tapfer. Um kurz nach zwölf war ich an der Reihe und schleppte mich mit letzter Verzweiflung in den Behandlungsraum. Wenigstens die Arzthelferin könnte Mitleid mit mir haben. Aber die alte Schrulle, wahrscheinlich eine alte Jungfer, gab sich noch nicht einmal die Mühe, einigermaßen sanft mein Blut abzuzapfen.

Dann durfte ich endlich gehen. Mit letzter Kraft schleppte ich mich in die nächstgelegene Bar und verputzte sage und schreibe drei *Cornetti* und noch zwei *Tramezzini*.

Hoffentlich benötigen diese Aasgeier nicht noch öfter etwas von meinem wertvollen Blut.

Ich hatte aufgrund dieses Erlebnisses schon das erste Zwie- bzw. Streitgespräch mit meinem Baby. Dabei kann es doch gar nichts dafür, oder etwa schon? Warum hat es denn ausgerechnet mich als Mutter ausgesucht, wo doch so viele Frauen herumlaufen, die so gerne ein Kind hätten und keines bekommen können. Wie ungerecht doch das Leben ist.

Liebe Eva, vor lauter Schwangerschaft weiß ich gar nicht, wie es Euch so geht. Bist Du immer noch so verliebt, wie am Anfang?

Deine schwangere Carolina

Liebe Carolina München, 1. Mai 1987

Momentan bist Du ja auch wichtiger, oder?

Außerdem gibt es bei uns nicht soviel Neues. Wir verstehen uns immer noch so gut wie am Anfang und langweilig wird es immer noch nicht mit ihm. Bin mal gespannt, wann der Alltagstrott beginnt.

In zwei Wochen hat Bernd Urlaub und dann verbringen wir vier Wochen miteinander. Danach werden wir wissen, ob wir uns auch im Alltag gut verstehen. Na ja, Halballtag. Irgendwie ist man ja im Urlaub anders. Eine Woche wollen wir auch wegfahren. Wir dachten uns, wir fahren mit dem Zelt an den Gardasee, der ist nicht so weit weg.

Leider muss ich dann wieder arbeiten. Mein Chef und meine Chefin haben eine Reise gebucht und ich muss den Laden am Laufen halten. Irgendwie freue ich mich ja schon darauf. Dann kann ich endlich einmal beweisen, was in mir steckt.

Kaum zu glauben, dass ich mich in so kurzer Zeit hochgearbeitet habe. Weißt Du noch, wie ich vor zwei Jahren dort angefangen habe. Ungelernte Bürokraft, nur mit kaufmännischen Kenntnissen aus der Realschule. Noch nie im Leben an einem Computer gearbeitet. Und nach zwei Jahren, nun, bin ich ziemlich fit im Büro und habe meine Liebe zum PC entdeckt. Mit Handbuch und Tipps von meinem Chef habe ich mir ein ganz gutes Computerwissen angeeignet. Mein Chef, und er als EDV-Berater muss es ja wissen, lobt meine Fähigkeiten im Computerbereich. Er meint, aus mir könnte er noch etwas machen, beruflich natürlich.

Bernd kann sich in der Zwischenzeit als Vater betätigen, er kümmert sich um Adrian, während ich arbeite. Da wird sich dann zeigen, ob die beiden sich wirklich gut verstehen. Und abends freue ich mich dann noch viel mehr darauf, zurück zu kommen, wenn doch gleich zwei Männer auf mich warten.

Bernd meinte, nächstes Jahr fahren wir für drei Wochen in die Toskana und dann kommen wir natürlich zusammen nach Rom, falls Du bis dahin noch dort wohnst. In diesem Herbst, ich habe noch einmal eine Woche frei, müsst ihr zwei Euch mit Adrian und mir begnügen.

Ich verstehe Dich gut, dass Du die Beziehung zu Fabrizio beendet hast. Ich hätte das Gleiche getan. Aber bist Du Dir sicher, dass Du ihm nichts erzählen möchtest? Findest Du nicht, dass er ein Recht darauf hat, zu erfahren, dass er Vater wird?

Schon komisch, dass Du nun auch ein Baby erwartest.

Du musst mir auch weiterhin unbedingt erzählen, wie es Dir so geht. Bisher scheint es so, dass in Italien eine Schwangerschaft nicht nur körperliche Strapazen mit sich bringen, sondern auch organisatorische Schwierigkeiten auslösen. Hoffentlich musst Du dies nicht bei jeder Vorsorgeuntersuchung ertragen. Aber noch kannst Du Dir ja überlegen, ob Du zurückkommst.
Deine Dich erwartende Eva

Liebe Eva, Rom, 8. Mai 1987

Dein Angebot ehrt mich, aber im Augenblick kann ich mich immer noch nicht dazu entschließen, Italien den Rücken zu kehren.

Ich habe erst letzten Sonntag wieder eine sehr nette Familie kennen gelernt.

Wir hatten traumhaftes Wetter, meine Übelkeit hielt sich in Grenzen und so habe ich den Tag ausgenutzt und bin nach *Calcata* gefahren. *Calcata* liegt im Norden von Rom und ist vor einigen Jahren von Künstlern entdeckt worden. Ich liebe es, durch die kleinen, verwinkelten Gassen zu laufen und genieße die Ruhe, die diese kleine Stadt ausstrahlt.

Gestern habe ich den ersten Ultraschall machen lassen. Oh, wie niedlich es schon aussieht, ganz die Mama!

Das Labor, in dem ich den Ultraschall machen ließ, ist nicht ganz soweit entfernt wie das Krankenhaus. Nur eine Stunde Fahrzeit mit dem Bus! Bevor ich ins Labor käme, sollte ich zwei Liter Wasser trinken, wegen dem Ultraschall.

Ich dachte, ich bin besonders schlau und trank die zwei Liter in der Bar direkt unter dem Labor. Der *Barista*, sah mich an, als sei ich nicht ganz zurechnungsfähig, stellte mir dann aber die zwei Wasserflaschen hin.

Mit Mühe und Not trank ich die zwei Liter. Wo ich doch immer viel zu wenig trinke.

Dann ging ich nach oben. In dem Glauben bald an der Reihe zu sein, setzte ich mich ins Wartezimmer und tatsächlich es war wenig Betrieb. Dachte ich.

Ich wartete und wartete, aber nichts geschah. Ich ging zur Anmeldung und fragte, ob man mich vergessen habe. „Nein, nein, *Signora*, wir haben sie nicht vergessen, aber Sie müssen sich noch etwas gedulden." Auf meine Frage, wie lange, erklärte sie mir, nur noch einen winzigen Augenblick. Dieser winzige Augenblick wurde zu einer weiteren halben Stunde. Dann hielt ich es nicht mehr aus. Der Druck auf meine Blase wuchs immens. Also ging ich noch mal zu dem netten Fräulein und sagte: "Wenn ich nicht sofort ins Behandlungszimmer komme, kann ich für nichts mehr garantieren." Ich glaube, dass hat gewirkt.

Der Arzt meinte nur: "Hoffentlich wird das Kind nicht so ungeduldig wie seine Mutter." Ich habe ihn gefragt, ob er auch schon mal zwei Liter Wasser getrunken hätte um dann fast zwei Stunden auf den Ultraschall zu warten. „Nein," meinte er, „soviel ich weiß, war ich noch nicht schwanger." Was für ein Komiker!

Aber das Ultraschallbild hat mich dann für alles belohnt. Was für ein süßes Baby. Ich bin jetzt in der zwölften Woche und mein Baby ist jetzt schon acht Zentimeter groß. Seine inneren Organe, Magen, Niere und Leber arbeiten schon. Und ich habe gelesen, dass es bereits Gefühle entwickeln kann. Es merkt, was ich empfinde. Und darum gebe ich mir Mühe, ihm zu zeigen, dass ich mich auf ihn oder sie freue.

Wird das ein Spaß, wenn Du mit Adrian im Herbst kommst. Wir vier stellen dann Rom auf den Kopf. Dann habe ich auch schon ein kleines Bäuchen. Graziella redet mich nur noch mit „*la mamma*" an.

Deine „*la mamma*" Carolina

Liebe Carolina, München, 18. Mai 1987

oder soll ich auch „*la mamma*" sagen?!

Deine Freude auf das Baby wirkt ansteckend. Jeder dicke Bauch wird mit einem Lächeln bedacht und in jeden Kinderwagen ein Blick geworfen. An keiner Kinderboutique kann ich mehr vorbeigehen, ohne einen Blick auf die Babykleidung zu werfen.

Ich habe noch viele Babysachen von Adrian aufgehoben, die kannst Du alle haben. Dann brauchst Du nicht mehr soviel kaufen. So ein Kind benötigt einiges.

Morgen kommt Bernd. Und stell Dir vor, heute Vormittag, ich wollte gerade in die Arbeit gehen, klingelte es. Vor der Tür stand ein „Blumen-Bote" mit einem riesigen Blumenstrauß. Ich war total verwirrt. Wer schenkt mir einfach so Blumen? Hatte ich einen heimlichen Verehrer?

„Ich freue mich riesig auf Dich - noch 30 Stunden!" stand auf der Karte, ohne Namen. Aber es war auch so klar, von wem der Strauß war. Ihm fällt immer wieder etwas Originelles ein.

Jetzt werde ich Dir bestimmt lange nicht mehr schreiben.

Deine unbeschreiblich glückliche Eva

Liebste Eva, Rom, 25. Mai 1987

ich muss Dir sofort schreiben, weil ich mich so sehr aufgeregt habe.

Gestern traf ich zufällig Fabrizio mit seiner „Neuen" in *Trastevere*. Ich versuchte noch unauffällig zu verschwinden, aber er hatte mich leider schon entdeckt. Während er permanent an seiner Freundin herumgrapschte, erzählte er mir, wie gut es ihm gehe. Dann schaute er mich von oben bis unten an und meinte süffisant lächelnd: „Na, die Trennung von mir scheint dir aber nicht gut getan zu haben, du bist ganz schön auseinander gegangen." Am liebsten hätte ich ihm eine geknallt. Aber Du kennst mich ja, ich bin einfach zu gutmütig.

Ein Gutes hatte diese Begegnung dennoch: Ich habe mich endgültig dazu entschlossen, das Kind alleine groß zu ziehen. Ich erwarte Deinen hoffentlich baldigen Brief,
  Deine entschlossene Caro

Poliziotti, Carabinieri und andere Polizisten

Jeder Italienreisende kennt sie, die *Polizia*, die *Carabinieri* und die *Vigili*. Aber so richtig verstehen tut kaum einer den Unterschied. Ist ja auch nicht so einfach.

In Deutschland gibt es die Polizei. Natürlich ist diese auch untergliedert: Die Kripo, die Bundespolizei, die Verkehrspolizei und so weiter. Aber alle haben eines gemeinsam: Ihr „Dienstherr" ist der Bund.

In Italien gibt es vier Gruppen. Und auch wenn sie manchmal gezwungenermaßen zusammenarbeiten, so unterstehen sie ganz unterschiedlichen Vorgesetzten.

Dem Innenministerium untersteht die zivile Staatspolizei, die *Polizia di Stato,* welche hauptsächlich in größeren Städten anzutreffen ist.

Die *Carabinieri* - Beamte der Militärpolizei - unterstehen dem Verteidigungsministerium. Jeder, der schon mal in Italien war, hat sicherlich von den *barzelette di Carabinieri* gehört: Witze auf Kosten dieser, werden gerne und oft gemacht, sagt man doch, sie seien nicht die Schlauesten. Aber man sagt auch, sie seien die Strengsten und dies ist eine Tatsache. Mit ihnen sollte man sich folglich nicht anlegen.

Außer den *Carabinieri* gibt es noch die *Vigili Urbani* oder auch die *Polizia Municipale*. Sie trifft man meist auf lokaler Ebene und oftmals unbewaffnet an. Sie passen hauptsächlich auf, dass es im Straßenverkehr gut läuft. Noch vor einigen Jahren haben sie auch gerne mal ein Auge zugedrückt, wenn man einen Fahrfehler begangen hat.

Aber auch diese Zeiten sind vorbei und die Strafen weit über die Grenzen Italiens hinaus gefürchtet. Vor allem bei Alkohol am Steuer verstehen die *Vigili Urbani* keinen Spaß und das kann böse ins Auge gehen. Eine deutsche Touristin hat zu stark ins Glas geschaut und fuhr trotzdem mit ihrem Wohnmobil. Als sie er- wischt wurde, wurde tatsächlich ihr Wohnmobil verpfändet. Sie hat nicht nur ihr Fahrzeug verloren, sondern auch keinen Cent vom „Erlös" davon gesehen.

Seltsamerweise haben die meisten Italiener ihre Fahrweise in den letzten Jahren sehr gezügelt. Raser sieht man nunmehr selten.

Noch vor ein paar Jahren konnte man mit dem Verständnis der italienischen Polizei rechnen. Eine junge Touristin fuhr mit ihrem Auto in Roms Feierabendverkehr bei gelb über eine Ampel. Durch eine Baustelle war die Verkehrssituation ziemlich chaotisch, was in Italien nicht unüblich ist. Prompt wurde sie nach der Ampel von einem *Vigili Urbani* aufgehalten, der ihr mitteilte, dass sie bei rot über die Ampel gefahren sei. Doch die junge Frau widersprach ihm, es sei noch grün gewesen. Daraufhin fingen die beiden an, über die Feinheiten der Farbnuancen zu diskutieren. Der Beifahrer raunte der jungen Frau auf Englisch zu: "Geb' doch endlich zu, dass du bei Rot gefahren bist, sonst bekommst Du noch Probleme." Aber die junge Frau blieb stur, genauso wie der Verkehrspolizist. Jedoch nach einer Weile rief der arme Mann total entnervt: „*Va, bene, va bene*. In Ordnung, fahren sie weiter, aber lassen Sie sich nie wieder von mir erwischen."

Weniger Glück hatte eine junge Clique aus *Varese* in Nord-italien, als sie für einen Tag ans Meer nach Ligurien fuhren. Sie parkten wie viele Einheimische auch an der Promenade. Am Straßenrand befand sich ein zugehängtes Parkverbotsschild. Da es ja angeblich für den Moment nicht galt, verbrachten die jungen Leute einen schönen Tag an den *Cinque Terre*.

Aber welchen Schreck bekamen sie, als sie am Abend ihr Fahrzeug nicht mehr vorfanden. Bei der Polizeistation, bei der sie eine Anzeige wegen Diebstahl aufgeben wollten, erfuhren sie, dass das Auto nicht gestohlen sondern abgeschleppt worden war. Auf ihre Beschwerde hin, hörten sie nur, dass das Parkverbotsschild nie verhüllt gewesen sei. Außer den hohen Abschleppkosten mussten sie auch noch kilometerweit zur Lagerhalle laufen, um das Auto abzuholen.

Der Polizist wird in Italien auch *poliziotto* genannt. Der gemütliche Polizist ist der, den wir auch aus vielen alten italienischen Filmen kennen. Im allgemeinen wird er gerne gesehen, der Freund der Bevölkerung, der Freund, den man schon mal zu *Spaghetti al sugo* einlädt und der schon öfter mal ein Auge zudrückt.

Eine junge ausländische Studentin suchte sich neben ihrem Studium einen Job. In der Zeitung hatte sie eine Anzeige für eine Stelle als Verkäuferin in einer Modeboutique gesehen.

Auf der hoffnungslosen Suche nach einem Parkplatz in Roms Innenstadt und mit dem unguten Gefühl, bei ihrem Vorstellungsgespräch gleich zu spät zu kommen, sah sie einen gelbumrandeten, noch freien Parkplatz. Die Farben der Parkplatzmarkierungen geben in Italien die Benutzungsrechte an: Blaue Linien bedeuten, dass dies kostenpflichtige Parkplätze sind, gelbe Linien deuten auf Parkflächen für Polizeifahrzeuge hin. Die Studentin parkte aber auf solch einem gelbumrandeten Parkplatz. Das davor aufgestellte Schild wies auch noch einmal explizit darauf hin, dass dort nur Polizeifahrzeuge parken dürfen. Ein Blick auf ihre Uhr zeigte ihr jedoch, dass sie sich beeilen musste. So entschied sie sich entgegen der Erlaubnis, dort zu parken.

Gerade im aussteigen begriffen, sah sie einen sympathisch aussehenden Polizisten. Sie ging auf ihn zu, setzte ihr schönstes Lächeln auf und stotterte mit ihrem schlechtesten Italienisch, sie hätte ihr Auto dort drüben geparkt, weil sie einen sehr wichtigen Termin hätte, aber nun sei sie unsicher, ob man dort überhaupt parken dürfe. Die Anweisung auf der Tafel verstünde sie nicht. Der nette Polizist erklärte ihr, was sie ohnehin schon wusste.

„Aber," fügte er hinzu, „Sie können ruhig stehen bleiben, ich passe auf ihr Auto auf, bis Sie wieder zurück sind."

Im Weggehen hörte sie, dass der *poliziotto* zu seinem Kollegen sagte: *„Che simpatica questa ragazza."* Ein sympathisches Mädchen. Somit hatte die Studentin den Parkplatz und der Polizist das gute Gefühl, einer armen Deutschen geholfen zu haben.

Dagegen wird die *Guardia di Finanza* nicht so gerne gesehen. Kontrolliert sie doch, ob bei den Geschäften, Restaurants, Handwerkern usw. alles mit rechten Dingen zugeht. Die *Guardia di Finanza*, die dem Ministerium für Wirtschaft und Finanzen untersteht, ist für die Bekämpfung der Wirtschaftskriminalität zu-ständig und man versucht unter anderem die Schwarzarbeit und die Steuerhinterziehung einzudämmen.

Jahrelang war Italien bekannt dafür, dass man sein Auto mit oder ohne Rechnung reparieren lassen konnte und der Barbesitzer tippte nur jede dritte Rechnung in die Kasse ein. Damit ist aber seit einigen Jahren Schluss. Die *Guardia di Finanza* kontrolliert z. B., ob die Preise, die an der Innentür der Hotelzimmer ausgezeichnet sind, auch tatsächlich in dieser Höhe vom Gast bezahlt wurden.

Jedem Touristen ist daher dringend anzuraten, sämtliche Belege und Rechnungen möglichst lange aufzubewahren. Ein in der Bar getrunkener *Cappuccino* kann sonst zum ausgesprochen teuren Getränk werden. Wird man auf der Straße von einem Finanzpolizisten angehalten und man kann seinen *scontrino*, sein *conto* oder seine *fattura*, also keinerlei Belege vorweisen, erhält nicht nur der Barbesitzer oder Geschäftsinhaber, sondern auch der Kunde einen saftigen Strafzettel.

Freundliche Worte, der richtige Umgang mit Verkehrsregeln und das Einstecken der Rechnungsbelege können also sehr wichtig für einen entspannten und erholsamen Urlaub in Italien sein.

Wenn Italiener feiern

Italiener finden immer einen Grund zu feiern. Ob im kleinen Familien- oder Freundeskreis oder im großen Stil. Das ganze Jahr über wird zusammen gesessen, gegessen und getrunken, nicht nur bei Kirchenfesten wie Weihnachten und Ostern. In jedem Dorf gibt es mindestens eine weitere kirchliche Feier, meistens dem Namenspatron des Ortes gewidmet, zum Beispiel dem heiligen *Cono* in *Teggiano* in *Campania*.

Bekannt sind natürlich auch die historischen Feste, wie zum Beispiel das berühmte *Palio*, das Pferderennen in *Siena*, die *Corsa di Ceri*, der Kerzenlauf in *Gubbio*, das *Balestro del Girifalco*, das Armbrustschützenfest in *Massa Marittima*. Der Bekanntheitsgrad entscheidend, ob die Feste von Touristen überlaufen sind oder fast nur Einheimische feiern.

Je nach Anbaugebiet der Region gibt es oft noch ein Fest für die dort angebauten Produkte. In *Piemonte* ist es häufig ein Weinfest, in *Lazio* ein Artischockenfest und in *Friuli Giulia Venezia* ein Maronifest. Zu diesen Gelegenheiten werden dann die jeweiligen Spezialitäten in allen nur erdenklichen Arten serviert. In der Regel werden Bänke und Tische aufgestellt und je nach Wetterbedingungen eventuell auch Zelte.

Eine Tanzfläche ist immer vorhanden und jeden Abend wird von wechselnden Kapellen und Bands Musik gemacht. Dann erklingen alte Schlager oder auch rockige, fetzige Klänge bis tief in die Nacht. Ich kenne keinen Italiener, der nicht tanzen kann und sobald die ersten Töne erklingen ist die Tanzfläche gefüllt von Tänzern im Alter zwischen 14 und 95 Jahren. Und im Gegensatz zu Deutschland tanzen hier wirklich nur Mann und Frau zusammen. Das Verwunderliche ist, egal welche Musik oft im Wechsel erklingt, alle machen mit. Und so kann man dann ein altes Ehepaar zu poppigen Klängen und Teenager zu alten Volksliedern beim Tanzen beobachten.

Manchmal gibt es auch Fahrgeschäfte für Kinder und Erwachsene. Aber zumindest stehen Losbuden an der Straße oder eine Tombola lockt mit Gewinnen.

Beliebt sind aber auch durch Parteien organisierte Feste, wie wir es in der *Emilia Romagna* erlebt haben. Eine große Showbühne auf dem Platz vor der Stadt mit wechselnden Sängern und Musikgruppen, natürlich genug zum Essen und Trinken und schon war die ganze Innenstadt wie leergefegt. Und obwohl diese Veranstaltung an einem Wochentag stattfand, befanden sich vom Baby bis zum alten Mann alle bis tief in der Nacht auf dieser Veranstaltung. Kein Wunder, hatte man doch endlich mal wieder die Gelegenheit Freunde und Bekannte zu treffen und zudem war der Eintritt frei.

In *San Marino* waren wir auf einem Weinfest in einem kleinen Dorf. Auch hier waren ein Zelt und eine große Tanzfläche aufgebaut. Wir tranken Wein und aßen *Piadine*, eine Art dünnes Brot, das mit Schinken oder Käse gefüllt und warm gegessen wird und unterhielten uns mit unseren Sitznachbarn.

Dann hörten wir, dass die nächste Runde im Wettbewerb des Weintraubentretens beginnt. Wir eilten hinaus um dieses Spektakel mitzuerleben. Auf einem Gestell standen zwei Bottiche gefüllt mit Weintrauben. Darin standen zwei barfüßige Gegner, die ihre Hosen hochgekrempelt hatten. Aus den Bottichen lief aus einer Öffnung in je einen Maßkrug der Saft der Weintrauben, den die Wettkämpfer durch das Zerstampfen mit den Füssen hervorbrachten. Sieger war natürlich derjenige, der als erstes den Maßkrug gefüllt hatte. Eine schweißtreibende Angelegenheit, wie wir bald selber feststellen mussten.

Mit wachsender Begeisterung sahen wir den beiden Kontrahenten beim Hüpfen und Stampfen zu und bemerkten gar nicht, wie sich einer der Wettkampfveranstalter näherte. Sofort versuchte er uns zu überreden als nächstes gegeneinander anzutreten. Wir lehnten zunächst ab, hatten aber keine Chance gegen ihn und die umherstehenden Leute, die schnell begriffen, dass wir deutsche Touristen waren.

Also krempelten auch wir die Hosen hoch und stiegen in die Fässer. Die Umstehenden feuerten uns mit den Worten: "*Tedeschi, forza*!" was soviel wie: "Deutsche, Los, macht schon!" heißt.

Am Anfang machte es auch noch Spaß auf den weichen Trauben zu hüpfen und zu sehen, wie der Saft floss. Mit der Zeit ließ aber die Kraft nach und ich war froh, als der Krug meines Mannes voll war.

Unter dem Jubel der Zuschauer stiegen wir von dem Podest und wuschen unsere Füße. Als wir dann zurück zu der Menge kamen, steuerte der Veranstalter auf uns zu und erklärte uns, dass mein Mann noch mal antreten müsse, da er eine Runde weiter gekommen sei. Mir viel ein Stein vom Herzen, das ich ausgeschieden war.

Mein Mann trat dann im Halbfinale gegen eine junge sportliche Frau - die spätere Siegerin des Wettbewerbs - an und war ebenfalls froh, als er in der nächsten Runde ausschied.

Also: Italiener finden immer einen Grund zu Feiern: Als Gast in Italien, sollte man die Gelegenheiten nutzen und einfach nur mitfeiern. Man kann viel dabei erleben.

Unfreundliche Italiener

Mein Auto war in der Werkstatt, ich wollte aber meine Freundin auf dem Land besuchen, darum fuhr ich mit dem Bus. Warum ich mir nicht sofort eine Rückfahrkarte gekauft habe, weiß ich selber nicht mehr.

Gina wohnte in einem kleinen Dorf nördlich von Rom. Nach einem schönen Tag, wartete ich auf den Bus, der mich nach Rom zurückbringen sollte. Da die Bar, in der man normalerweise die Bustickets kauft, Sommerferien hatte, dachte ich mir, dass ich mir die Fahrkarte auch im Bus kaufen könnte.

Da hatte ich die Rechnung aber ohne den Busfahrer gemacht. Der weigerte sich, mich ohne Ticket mitzunehmen. Auch auf meine Feststellung, man könne in diesem Dorf nirgends eine Fahrkarte kaufen und dies wäre der letzte Bus, schüttelte er nur den Kopf. Auch meine Tränen halfen nichts. Langsam wurde der Busfahrer ungeduldig und schnauzte mich an, ich solle endlich aussteigen, er müsse fahren.

Buchstäblich in letzter Sekunde, kramte eine ältere Dame ein Ticket aus ihrer Tasche und gab es mir. Erleichtert gab ich ihr 1.000 Lire und setzte mich auf den Platz neben sie. Der grantige Busfahrer konnte nun nichts mehr sagen und musste mich wohl oder übel mitnehmen.

Ich weiß wirklich nicht, warum der Busfahrer so unfreundlich war. Ob er etwas gegen Ausländer hatte? Darauf werde ich wohl niemals eine Antwort erhalten.

Aber mir kam plötzlich der junge Italiener in der Toskana wieder in den Sinn. Auch er gab mir das Gefühl unerwünscht zu sein.

Mein Italienisch war mittlerweile nahezu perfekt und dass ich eine Ausländerin bin merkt man wahrscheinlich nur an meinem leichten Akzent. Als ich an der Wursttheke *Prosciutto crudo* – rohen Schinken - bestellte, bemerkte ich, dass der junge Mann das Rad an der Schneidemaschine verstellte. Ich wandte mich also noch mal an ihn und rief ihm zu, dass ich den Schinken sehr dünn haben möchte. Er drehte sich um und erwiderte grinsend: „*Certo, signora!*" Gewiss, meine Dame. Zu Hause bemerkte ich aber, dass er die Scheiben extra dick aufgeschnitten hatte.

Meine Freundin aus Hamburg war mit einem gut situierten Sizilianer liiert. Dessen Familie sah es gar nicht gerne, dass er mit einer Ausländerin zusammen war. Kein Wunder also, dass diese Beziehung nach einigen Jahren auseinander gegangen war.

Glaubt man also, dass „Ausländerfeindlichkeit" ein deutsches Problem ist, irrt man. Auch anderorts gibt es Menschen mit Vorurteilen oder einfach einer Art Abneigung gegen Fremde.

Touristen

Gestern habe ich mir mal wieder einen Stadtbummel gegönnt. Ich war schon lange nicht mehr an meinem Lieblingsplatz, dem *Fontana di Trevi*. Ich liebe es, durch die schmalen Gassen zu gehen und plötzlich und völlig unerwartet vor diesem gigantischen Brunnen zu stehen.

Leider musste ich mich aber gleich wieder aufregen. Manchmal schäme ich mich sogar Deutsche zu sein, wenn ich sehe wie manche deutsche Touristen herumlaufen. An den Anblick von mit Shorts bekleideten Männern und Tennissocken in Gesundheitssandalen habe ich mich ja bereits schon gewöhnt. Aber müssen manche Frauen in kurzen Hosen kombiniert mit einem Bikini Oberteil durch die Großstadt laufen. Dabei liegt Rom noch nicht einmal direkt am Meer. Und dann wundern sie sich, wenn sie von Italienern angebaggert werden.

Ich habe es noch nie verstanden, warum sich einige Touristen im Ausland so schräg benehmen. Schließlich sind wir Gäste und von Gästen in unseren eigenen Wohnungen erwarten wir ja auch ein ordentliches Benehmen.

Wie heißt es so schön: „Was du nicht willst, das man dir tu, dass füg' auch keinem Anderen zu!"

Ein anderes schlechtes Beispiel, sind die Besucher von Kirchen. In Sommerkleidern mit Spaghettiträgern oder schulterfrei, in kurzen Hosen oder in Miniröcken, schlendern sie durch die Gotteshäuser. Sehr zum Unverständnis der Italiener. Jede Italienerin hat ein leichtes Tuch in ihrer Handtasche. Möchte sie eine Kirche oder ein Kloster betreten, legt sie es um ihre nackten Schultern. Da es nach wie vor viele unvernünftige Touristen gibt und viele sich sogar noch darüber aufregen, wenn sie in dieser Kleidung nicht die Peterskirche betreten dürfen, haben sich findige *Sienesen* folgendes ausgedacht: Wenn man den *Duomo* in *Siena* anschauen möchte und nicht entsprechend gekleidet ist, muss man sich für ein paar Euro ein Papierkleid kaufen, das man sich vor dem Eintritt in den Dom d'rüberziehen muss.

Da kann ich ja noch über die Touristen lachen, die sich bei jedem kleinsten Sonnenstrahl anfangen zu entkleiden.

Im Frühjahr, die erste Sonne erwärmte langsam die Luft, aber ohne Jacke und ohne Strümpfe ging noch gar nichts, saßen vor einer Bar die ersten Touristen in kurzen Hosen und ärmellosen T-Shirts.

Meine Freundin Graziella und ich lästerten über diese Leute. Aber *il barista* verteidigte sie. Wir müssten doch verstehen, die kämen aus Deutschland und da ist es immer so kalt, für die ist es hier bereits Sommer.

Ich musste lachen und erwiderte: „*Signore*, auch ich bin aus Deutschland. Aber so würde ich erfrieren."

Vorsicht, der andere könnte Dich verstehen

Viele Leute denken im Urlaub, dass die Einheimischen sie nicht verstehen. Das ist aber oft ein Irrtum. Nicht nur die Deutschen sind Weltmeister im Fremdsprachen lernen, auch die meisten Nordeuropäer. Und selbst die Südländer sind im kommen.

Viele Deutsche beherrschen neben Englisch noch mindestens eine weitere Fremdsprache. Zumindest aber hat ein großer Teil schon einmal einen Urlaubskurs in Spanisch, Italienisch oder Griechisch besucht. Umso wichtiger ist es, sich nicht in Sicherheit zu wiegen und einfach laut über andere herzuziehen.

Auch mir sieht man nicht an, dass ich fließend italienisch spreche. Und so kommt es immer wieder zu lustigen Situationen.

In einer Münchner Pizzeria wurde ich unfreiwillig Zeuge eines Gespräches zwischen dem Kellner und einem Kunden. Sie lästerten über die Frauen im Allgemeinen und bemerkten nicht, dass ich alles verstand und übersahen auch mein Lächeln.

Genauso erging es mir in einer Pizzeria in Donauwörth. Auch hier schimpfte der Besitzer lautstark über eine seiner Kundinnen. Nicht gerade geschäftstüchtig.

Nett war die Begegnung mit einer Gruppe junger Männer, so etwa 15, 16 Jahre alt. Meine Freundin Susanne und ich, beide Anfang 20, verbrachten gemeinsam ein paar Tage in *Senigallia* am Meer. Auf der Zugfahrt nach *Ancona* saßen uns gegenüber vier jungen Kerle und unterhielten sich über uns. Auch wenn mein Italienisch damals noch nicht sehr gut war, verstand ich schon um was es ging und übersetzte meiner Freundin den Inhalt. Klar war, dass wir gerade zugeteilt wurden. Unauffällig teilte ich Susanne mit, dass sich der gelockte hübsche Kerl für sie interessierte und der lange, dunkelhaarige ein Auge auf mich geworfen hatte. Noch blieb mir ein wenig Zeit um mit meinen dürftigen italienisch Wortschatz einen einigermaßen akzeptablen Satz in Gedanken zu formulieren. Und dann kam schon unsere Haltestelle. Mein Herz schlug bis zum Hals, als ich mich lässig zu der Clique umdrehte und den zusammengereimten Satz von mir gab: „*Era molto interessante ascoltarvi!* – Es war sehr interessant Euch zuzuhören!" Die armen Jungs liefen knallrot an und sagten kein Wort mehr.

Das nächste Mal, als ich unfreiwillig Zeuge eines Gespräches wurde, blieb allerdings ich stumm zurück. Ich machte mit meinem Sohn Urlaub auf *Sardegna*. Auf einer Fahrt mit dem Bus ins Landesinnere, wir wollten uns die *Nuraghen* ansehen, hörte ich, wie sich eine junge Frau mit ihrer Begleitung unterhielt. Sie schwärmte regelrecht von meinem Sohn. Und je mehr sie von seiner Schönheit redete, desto größer wurde ich vor Stolz. Das Lächeln in meinem Gesicht sollte mir aber schnell vergehen, als ich plötzlich hörte: „*Che bellissimo è quel bambino, ma la madre non è tanta bella.* Wie schön der kleine Junge ist, aber die Mutter ist nicht sehr hübsch." Abends schaute ich mich prüfend von jeder Seite im Spiegel an.

Als ich nach zwei Jahren Aufenthalt in Rom wieder in Deutschland war, hatte ich mich so an den römischen Fahrstil gewöhnt, dass ich kleine Probleme mit dem korrekteren Verhalten im Straßenverkehr in Deutschland hatte. Zumindest in Rom fährt man immer so, dass man nur die Fahrzeuge vor dem Auto im Blickfeld hat. Was hinter einem passiert, ist „uninteressant". Und diese Rechnung scheint aufzugehen. Da sich jeder an diese Regel hält, passiert im Verhältnis zu anderen Metropolen relativ wenig im städtischen Straßenverkehr. Eine rote Ampel ist nur dazu da, dass der Verkehrsteilnehmer bis an die Linie vorfährt, schaut ob sich ein Fahrzeug aus der Seitenstraße nähert und wenn die Straße frei ist, weiterfährt. Linien werden überhaupt nicht beachtet. Ist die Straße für drei Fahrzeuge nebeneinander geplant, fahren auch schon mal vier oder fünf nebeneinander. Fährt man ganz links und stellt fest, dass man rechts abbiegen muss, setzt man einfach den Blinker und zieht rüber. Die hinter einem fahrenden Fahrzeug bremsen dann schon ab.

Noch nicht ganz auf den heimischen Verkehr eingestellt, fuhr ich also nach meiner Rückkehr mit meinem kleinen Fiat in die wieder einmal total verstopfte Innenstadt von Starnberg. Als ein anderes Fahrzeug sich aus meiner „römischen Sichtweise" falsch verhielt, schimpfte ich auf Italienisch. Dummerweise hatte ich das Seitenfenster wegen der Hitze geöffnet, als mein Verkehrsgegner prompt auf Italienisch antwortete.

Daher: „Vorsicht, der andere könnte dich verstehen!"

Demnächst

von Irene Hülsermann
ihr Roman

„Die Reise ihres Lebens"

Frühjahr 2034: Eva weiß, dass sie alles vergessen wird. Doch bevor dies geschieht, überredet sie ihre Enkelin Stella zu der Reise ihres Lebens. Drei Monate wollen die beiden kreuz und quer durch Italien reisen. Eva möchte ihrer Enkelin die wichtigsten Stationen ihres Lebens zeigen und über ihre vier großen Lieben berichten.

Auf dieser Reise erfährt Stella viel über politische Unruhen in Italien und Deutschland, Auslandseinsätze der Bundeswehr, Umweltprobleme und Naturkatastrophen in den Jahren von 1980 bis 2034, sowie über die Tabuthemen Homosexualität, Aids, Drogen und Scheinmoral.

Natürlich geht es - wie in allen meinen Geschichten - auch über die italienische Lebensfreude, die tausende Jahre alte Kultur Italiens und darüber, dass Freundschaften Jahrzehnte überdauern können.

Erscheinungsdatum voraussichtlich
3. Quartal 2016